VOCÊ É UMA BÊNÇÃO

ANSELM GRÜN

VOCÊ É UMA *Bênção*

IDÉIAS & LETRAS

DIRETOR EDITORIAL:
Marcelo C. Araújo

EDITORES:
Avelino Grassi
Márcio F. dos Anjos

COORDENAÇÃO EDITORIAL:
Ana Lúcia de Castro Leite

TRADUÇÃO:
Edgar Orth

COPIDESQUE:
Bruna Marzullo

REVISÃO:
Lígia Maria Leite de Assis

DIAGRAMAÇÃO:
Juliano de Sousa Cervelin

CAPA:
Tamara Pereira Souza

Título original: *Du bist ein segen*

IDÉIAS & LETRAS
Editora Idéias & Letras
Rua Pe. Claro Monteiro, 342 – Centro
12570-000 Aparecida-SP
Tel. (12) 3104-2000 – Fax (12) 3104-2036
Televendas: 0800 16 00 04
vendas@ideiaseletras.com.br
http//www.ideiaseletras.com.br

Dados Internacionais de Catalogação na Publicação (CIP)
(Câmara Brasileira do Livro, SP, Brasil)

Grün, Anselm
Você é uma bênção / Anselm Grün; [tradução Edgar Orth]. –Aparecida, SP: Idéias & Letras, 2008.

Título original: Du bist ein segen.
Bibliografia.
ISBN 978-85-7698-011-7

1. Aconselhamento pastoral 2. Bênção – Ensino bíblico 3. Vida espiritual I. Título.

08-07104 CDD-248

Índices para catálogo sistemático:

1. Bênção: Ensino bíblico: Vida espiritual:
Cristianismo 248

SUMÁRIO

INTRODUÇÃO

O encontro eclesial ecumênico de 2003 teve como lema "Você deve ser uma bênção". Ele voltou a ressaltar o tema da bênção para muitas pessoas. É natural que a bênção seja um anseio profundo de todos. Todos querem ser abençoados. Mas o lema do encontro ecumênico provocou algo mais em muitas pessoas: descobriram que podiam e deviam abençoar. Muitos têm medo de abençoar as outras pessoas. Acham que isso está reservado aos sacerdotes. Mas, para muitos, foi uma experiência maravilhosa poder dar e receber a bênção de Deus nesse dia do encontro. Todo cristão tem plenos poderes para abençoar. E todo cristão é, como abençoado por Deus, uma bênção para os outros.

Tive, no encontro eclesial e, depois, pessoalmente, muitas experiências com a bênção. Pessoas vieram a mim e queriam ser abençoadas. Gostaria então de falar, neste livro, de minhas experiências com a bênção e desvendar na Bíblia e na liturgia as experiências de bênção. Tenho consciência de que escrevo este livro como beneditino. São Bento é o "abençoado" (*benedictus*). Nós, monges, já trazemos em nosso nome o tema "bênção", nossa autodenominação.

Um acontecimento no encontro eclesial tocou-me profundamente. Após uma celebração litúrgica, um casal veio a mim e me pediu a bênção. O homem disse que precisava urgentemente da bênção, porque sempre experimentou a maldição. Sobre ele haviam sido ditas muitas palavras que o rebaixavam e lhe auguravam que fracassaria em sua vida. Para lutar contra isso, queria receber palavras de bênção que penetrassem em sua alma e afugentassem as palavras de maldição. Desde aquele encontro eclesial, posso testemunhar, inclusive após conferências, que as pessoas não querem apenas autógrafos em seus livros, mas que pedem também uma bênção. Imponho-lhes as mãos, pronuncio uma bênção. Deixo-me guiar não por fórmulas fixas, mas pela intuição, que dita as palavras apropriadas para a situação concreta de cada um.

Houve outra experiência que me animou a escrever sobre a bênção. Quando, durante um curso na Abadia de Münsterschwarzach, eu celebrava a eucaristia com um grupo, vinham participantes trazer-me, antes da celebração, uma pequena cruz, um anjinho ou uma vela, pedindo que eu benzesse esses objetos. Quando explicava, antes da bênção final da celebração eucarística, que benzeria todo objeto que a pessoa tivesse trazido, vinham diversas pessoas com colares, brincos, anéis, sua Bíblia e muitas outras coisas importantes em sua vida, para que eu as benzesse.

Numa conversa com confrades, surgiu a pergunta: por que tanta gente está precisando agora de bênção? Muitas razões nos vieram à mente. Quando alguém pede uma bênção, deseja colocar-se sob a proteção de Deus. Essa pessoa gostaria de experimentar concretamente que Deus também está com ela. A bênção é algo que independe da Igreja oficial. Toda pessoa pode abençoar. No entanto, não pediríamos a bênção a qualquer pessoa, mas somente àquelas que possuem certa credencial para isso, como o pai, a mãe, um bom amigo, uma boa amiga ou um sacerdote ordenado. Devo ter confiança naquele que me abençoa. Caso contrário, ele poderia vincular a bênção a propósitos negativos ou demasiadamente às suas próprias necessidades. Ele poderia desvirtuar-me com sua bênção. No Salmo 62, lê-se: "Com a boca bendizem, mas em seu íntimo maldizem" (Sl 62,5). A Igreja estava bem consciente desse perigo do mau uso que se podia fazer da bênção e por isso exigia como pressuposto dos sacerdotes, os abençoadores oficiais, a pureza interior.

Quando pessoas me procuram para receber a minha bênção, eu me pergunto: por que querem receber a bênção de mim? É só por causa da necessidade de serem tocadas? Ou será que não há nelas um anseio mais profundo, o anseio de serem tocadas pela mão de Deus e por Ele serem acompanhadas em seu dia-a-dia? Que anseio é este que desperta nelas o desejo de receber a bênção? Já refleti muito sobre isso. Acho que é o sentimento de que a vida não está tanto nos bons ou nos maus desejos, nas expectativas ou reivindicações das pessoas, mas está sob a bênção de Deus. Quando trilham seu caminho com a bênção de Deus, têm a esperança de que sua vida irá bem e que seu caminho levará a um bom termo. Eu, naturalmente, também me pergunto se as pessoas não projetam coisas demais em mim, se não colocam em mim seus anseios de saúde, de sucesso e da experiência da proximidade de Deus.

Quando criança, sempre recebia a bênção de meu pai ao retornar para o internato. E em nossa família, mamãe abençoava o pão antes de parti-lo. Eu me pergunto: o que será que associei à bênção quando criança? Não saberia descrever com exatidão. Mas evidentemente estava presente a idéia de que a vida era mais do que funções exteriores, de que tudo o que fazemos acontece sob os olhos bondosos de Deus, de que tudo o que é importante em nossa vida vem tocado pela mão abençoante de Deus e vem repleto de seu amor. Um confrade contou como ficava impressionado quando sua mãe abençoava o pão. Isso lhe deu uma percepção mais aprofundada do dom precioso que era o pão. Ainda hoje lhe dói ver que muitas vezes o pão é partido e distribuído com displicência. A bênção dá ao pão outra qualidade. No pão, o próprio Deus nos alimenta, Ele é o doador de todos os bens.

Quando as pessoas trazem suas cruzinhas, suas velas e seus anéis para a bênção, eu também me pergunto qual a intenção que está por trás desse gesto. Será superstição? Ou não seria porque querem ter alguma coisa em suas vidas diárias que lhes lembre e torne quase palpável a proximidade benfazeja e amorosa de Deus? Será que vão lembrar-se realmente da bênção de Deus? A bênção é para elas vida divina, penetra muitas vezes em suas vidas frágeis e sem sentido. A bênção é vida bem-sucedida, vida em plenitude. Dá um bom sabor à vida. Elas se sentem em tudo tocadas e envolvidas pelo amor carinhoso de Deus.

Gostaria de abordar neste livro as questões que brotam em mim quando dou uma bênção. Gostaria, também, de desenvolver aspectos da bênção que nos fornecem a Bíblia e a tradição da espiritualidade. Não vou preocupar-me com exposição sistemática, mas com as experiências que eu mesmo pude fazer com a bênção.

1

MINHAS EXPERIÊNCIAS COM A BÊNÇÃO

Quando pessoas me pedem a bênção

O que será que as pessoas desejam quando, após uma conferência ou uma simples conversa, me pedem a bênção? Se eu lhes perguntasse por que desejavam a bênção, provavelmente não saberiam responder com muita clareza. Poderíamos perguntar também, do ponto de vista teológico, o que a bênção produz nessas pessoas. Psicologicamente falando, sabemos que as palavras têm certa força. A bênção atua exatamente no sentido inverso do prejuízo que causa a maldição. Palavras más ficam presas no coração de uma pessoa. Palavras boas, palavras de bênção, abrem um espaço de vida e de amor. Palavras de bênção podem transformar uma situação. Por isso, nunca pronuncio a bênção só sobre essas pessoas concretas, mas sempre também sobre sua situação concreta de vida. Palavras de bênção conseguem desvencilhar complicações e deixar coisas bloqueadas fluírem novamente.

Quando uma pessoa me pede a bênção, procuro sintonizar-me com ela e com sua situação concreta. Muitas delas que, após uma conferência, desejam minha bênção, contam-me rapidamente seu problema. Um casal contou-me que momentaneamente passava por grandes dificuldades de relacionamento. Queria receber uma bênção, na esperança de que talvez seu caminho fosse melhorar. Poder-se-ia objetar que era melhor experimentar novas formas de comunicação. Mas os dois já haviam tentado muita coisa. Já haviam freqüentado uma terapia de casais, para ver se conseguiam entender-se melhor e ser mais compreensíveis um com o outro. Procuravam e pediam na bênção outra coisa. Queriam a bênção de Deus. Isso os aliviaria do esforço constante, lhes daria esperança de que sua busca de uma vida melhor em comum fosse coroada de êxito.

Uma senhora me falou de sua angústia. Queria que eu lhe desse a bênção. Será isso superstição? Deseja ela ter removida simplesmente a angústia? Não seria melhor dialogar com a angústia e deixar-se levar por ela para Deus? Quando abençôo essa senhora, não o faço pensando que isso vá resolver todos os seus problemas. Eu lhe explico, antes, como poderia lidar com sua angústia, como deve tolerá-la e entrar em diálogo com ela. Apesar disso, não recuso a bênção. Pois percebo o anseio de que se coloquem mãos protetoras sobre sua angústia e que em sua angústia flua o amor curativo de Deus. A bênção não é nenhuma garantia de que a angústia não a incomodará mais. Muitos vêm com esta concepção mágica de que a bênção resolve tudo e eles não precisam fazer nada. Mas a maioria pede a bênção porque sente que o exclusivo tratamento psicológico não é suficiente para sua angústia. Gostariam de sentir sobre si a bênção de Deus. Isso não lhes tira toda a angústia, mas certamente a relativiza. Quando a angústia volta a se manifestar, essas pessoas pensam nas mãos protetoras de Deus, que elas sentiram durante a bênção.

Uma senhora grávida veio com seu marido. Falou do filho que estava crescendo em seu ventre. Pediu a bênção para um parto feliz, para que os dois recebessem a criança de coração aberto e fossem para ela uma boa mãe e um bom pai. Um homem relatou-me sua doença. Uma senhora devia ir ao hospital no dia seguinte para uma cirurgia complicada. Outra pessoa se sentia cortada da vida. Todas essas pessoas queriam receber a bênção. Às vezes, formava-se verdadeira fila de pessoas que queriam a bênção. Anos atrás, os casos eram esporádicos. Eu às vezes sentia constrangimento, diante de outras pessoas, em fazer um gesto tão íntimo como o de impor as mãos e pronunciar uma oração pessoal. Mas agora o anseio das pessoas superou meu acanhamento de dar a bênção num ambiente tão ruidoso e profano como é um salão de conferências.

Quando uma pessoa me pede a bênção, coloco sobre ela minhas mãos, procuro sintonizar-me com ela e confio nas palavras que minha boca está pronunciando. Não gosto de ater-me simplesmente a fórmulas fixas, mas dizer alguma coisa bem pessoal e concreta àquela pessoa. Naturalmente, há fórmulas fixas que sempre se repetem. Mas é a bênção para uma pessoa concreta que estou dando. Para a mulher atormentada pela angústia, costumo orar assim:

Compassivo e bom Deus, abençoai minha irmã e mantende sobre ela vossa mão amorosa e protetora. Penetrai em sua angústia com vosso santo espírito e fazei-a sentir a confiança que está no fundo de seu coração. Tirai de sua angústia a força paralisante e destruidora. Transformai-a numa lembrança de vossa presença amorosa. Fortalecei sua fé, para que também sua angústia fique resguardada em vossa bondosa mão. Enviai-lhe o anjo da confiança, para que ele a acompanhe em seu caminho e para que a faça penetrar, nesse seu caminho, em sempre maior liberdade e maior amplitude. E, assim, abençoe-te o Deus bondoso e misericordioso, o Pai, o Filho e o Espírito Santo.

Tratando-se de um homem doente, rezaria para que Deus curasse suas feridas e para que seu Espírito Santo e curador penetrasse sempre mais profundamente nele.

Às vezes me pergunto como isso acontecia com Jesus. Vinham a ele também muitas pessoas querendo ser abençoadas. Mães traziam seus filhos para que Jesus lhes impusesse as mãos e os abençoasse. Pais se aproximavam para que Jesus abençoasse sua filha doente ou seu filho excepcional e os tocasse com suas mãos. Certamente, Jesus irradiava alguma coisa que atraía as pessoas e as encorajava a pedir sua bênção. Às vezes tenho receio de que as pessoas me considerem mais do que sou. Eu não sou Jesus nem tenho sua capacidade de irradiação. Mas acredito que todo cristão, em nome de Jesus e repleto de seu Espírito, pode abençoar. Por isso, considero importante para mim que, ao dar a bênção, não afogue as pessoas em minhas emoções, mas que seja permeável ao Espírito de Jesus, a fim de que ele possa fluir para dentro das pessoas através de minhas mãos.

Quando benzo uma vela

Nos cursos, muitas vezes as pessoas me pedem para benzer um objeto. Compram em nossa livraria um crucifixo, um terço ou uma vela e gostariam que eu benzesse um desses objetos ou mais. Pode-se rezar também com um terço não bento. Quando alguém o traz para ser bento, acredita que de sua oração emanam bênçãos também para sua vida e para sua família. A cruz, podemos dependurá-la em nossa casa mesmo sem estar benta. Será superstição fazer benzê-la antes? Existe diferença entre uma cruz simplesmente comprada e uma cruz benta? Acho que não é possível provar essa diferença. Mas emocionalmente há uma grande diferença. As pessoas querem unir uma promessa à cruz que penduram em sua casa ou que trazem ao redor do pescoço.

Um confrade contou o fato de um homem, internamente destruído e confuso, que lhe deu de presente uma pedra semipreciosa. Em seu quarto, sentiu que esta pedra exercia sobre ele uma irradiação negativa. Um amigo peruano, que viera visitá-lo recentemente, percebeu logo que havia algo de errado com ela e jogou-a bem longe. Existem certamente objetos carregados de força negativa. Na África existem fetiches curadores e fetiches causadores de males. Evidentemente, encontra-se também na busca da bênção o desejo de receber uma proteção contra os fluidos negativos. Os monges primitivos benziam os objetos que lhes pareciam suspeitos e muitas vezes os quebravam porque estavam possuídos por demônios. São Bento pronunciou uma bênção sobre um cálice de vinho que lhe fora oferecido. Imediatamente o cálice voou, em pedaços. A bênção protege contra as intenções negativas que as pessoas colocaram nos objetos.

Quando benzo uma cruz, esta se transforma para seu portador em todas as palavras que eu coloco dentro dela. A bênção significa que eu, em primeiro lugar, louvo a Deus, para criar um espaço positivo e salutar. Coloco então dentro da bênção a promessa de Deus de que Ele está com essa pessoa. Procuro também, na bênção dos objetos, não me ater a fórmulas pré-fixadas, mas dar às pessoas uma mensagem pessoal, que corresponda ao simbolismo do objeto. Quando benzo uma cruz, digo mais ou menos o seguinte:

Bom e misericordioso Deus, abençoai esta cruz e também esta minha irmã (este meu irmão) que vai dependurá-la em sua casa ou que vai carregá-la sobre seu peito. Fazei que a cruz seja para ela(e) um sinal do amor com que vosso filho Jesus Cristo a(o) amou na cruz até o fim. Seja a cruz para ela(e) a promessa de que tudo é amado nela(e) e que nada há nela(e) que não seja envolvido por vosso amor generoso. Que a cruz a(o) proteja de todos os perigos. Mostrai-lhe que protegeis principalmente a casa de sua alma contra tudo o que possa prejudicá-la. Lembrai-lhe, por meio da cruz, que vosso filho Jesus Cristo também morreu por ela(e), porque ela(e) é preciosa(o) a vossos olhos. Abençoai, portanto, esta cruz e nesta cruz minha irmã (meu irmão), Deus de bondade e misericórdia, Pai, Filho e Espírito Santo. Amém.

Nas celebrações eucarísticas, os participantes depositam, às vezes, sobre o altar objetos que lhes são caros. Algumas pessoas colocam a aliança de noivado ou de casamento para receber a bênção, outras colocam uma vela que compraram, outras ainda colocam um cartão postal com uma frase que as impressionou ou a estatueta de um anjo, ou um santinho com a figura de um santo que elas gostariam de dar a uma pessoa com o mesmo nome. Procuro expressar na bênção o que esses objetos contêm em termos de simbolismo:

Possa esta aliança ajudar minha irmã a ser envolvida pelo amor de Deus, para que este amor mantenha unido aquilo que dentro dela ou entre ela e seu marido tende a se desagregar. Que esta aliança cure as feridas interiores. Que ela estreite cada vez mais os laços entre ela e seu marido, para que a aliança do amor divino os una em vós, Senhor Deus. Que ela a lembre da fonte interna do amor que brota dentro dela e de todas as pessoas e que nunca se esgota, porque é divina. Suavizai nela o que se tornou inflexível, eliminai as quinas que machucam. Renovai nela a fidelidade àquilo que prometeu diante de Deus a seu marido. E mostrai-lhe que vós sois fiel e que estais com ela, mesmo quando ela fraqueja e cai.

A aliança já fora benta por ocasião do casamento. Mas a mulher que a depositou sobre o altar pedia que essa bênção se tornasse outra vez viva nela, que orientasse de novo sua vida. Na vela, as pessoas colocam a Deus seu desejo de que, através da chama, sua vida fique mais luminosa e mais sadia, de que Deus ilumine sua escuridão e depressão, de que traga calor e amor para sua frialdade. Na imagem de um santo, gostariam que a salvação, operada por Deus nessa pessoa, também manifestasse a elas que podem realizar algo da qualidade das realizadas por este santo em sua própria vida. Esperam que o santo ou a santa faça com que entrem em contato com o santo que também está nelas e a partir do qual tudo o mais poderia ser salvo. Quando as pessoas trazem um anjo, desejam, intimamente, que um anjo as acompanhe sempre e por toda parte. Ao tomar na mão a imagem do anjo, querem experimentar com firmeza a promessa de Deus: "Eis que envio um anjo diante de ti, para que te guarde pelo caminho e te conduza ao lugar que tenho preparado para ti. Respeita sua presença e observa sua voz" (Êx 23,20s.).

Quando um sacerdote dá a bênção primicial

Um confrade contou de suas primícias, de sua primeira missa solene após a ordenação sacerdotal. A experiência mais impressionante para ele foi como tantas pessoas vieram a ele e pediram a bênção primicial. E ele se perguntava o que havia por trás desse desejo. Antigamente existia o ditado de que, para conseguir uma bênção primicial, valia a pena gastar várias solas de sapatos. O que leva as pessoas, hoje, a quererem uma bênção primicial, já que a glorificação do sacerdote acabou há muito tempo? A própria palavra *primícias* já diz que algo de novo, de origem recente, ainda não usado, entra em abundância na vida de uma pessoa. As pessoas que recebem uma bênção primicial acreditam que o neo-sacerdote usa de sua bênção com parcimônia. E acham que, através da ordenação sacerdotal, penetrou na vida desse jovem alguma coisa da qual gostariam de participar. É o caráter sagrado que elas ligam ao neo-sacerdote. O sacerdote tem parte no sagrado, tornou-se distribuidor do sagrado. Só o sagrado pode curar. As pessoas desejam, então, que algo sagrado sobrevenha a elas e que cure suas feridas; desejam algo sagrado em que se sintam protegidas em meio a um mundo traiçoeiro, em que sejam libertadas da rotina cansativa do dia-a-dia e entrem em contato com aquilo por que suspira o mais profundo de seus corações. Talvez você também sinta esse grande desejo de que sua vida seja abençoada, que esteja sob a mão abençoadora de Deus, que participe da plenitude de Deus e que receba novo vigor através da bênção de Deus.

Quando me lembro de minhas primícias, há mais de trinta anos, lembro que também fiquei muito comovido ao dar, como jovem sacerdote, a bênção primicial a meus pais e parentes, mas também a muitos outros jovens e a pessoas de mais idade. Sentia que as pessoas acreditavam nessa bênção. Eu estava envergonhado, pois sabia que, com meus 26 anos, nada podia dar às pessoas. Mas tentava acreditar que, através de mim, fluía algo da bênção de Deus para as pessoas. Eu me sentia como um canal por meio do qual corria o amor de Deus. E pensava: na verdade, vale para todas as pessoas o que o povo espera do neo-sacerdote. Cada um deve ser para o outro um canal através do qual passa o espírito de Deus, a fim de tornar as pessoas repletas do amor e da bênção divinos.

2

COMO AS HISTÓRIAS BÍBLICAS INTERPRETAM A BÊNÇÃO

Nos últimos anos, o tema da bênção despertou novo interesse sobretudo nas igrejas evangélicas. Dois assuntos ocupam os teólogos protestantes. Por um lado, a bênção é vista como gesto de abençoar. Abençoar é mais do que orar com palavras, traduz-se em gestos. As pessoas experimentam a bênção com os sentidos. E, por outro lado, voltou-se a descobrir Deus como Criador. Isso quer dizer que Deus não é apenas o Salvador, mas também o Criador e, como Criador, abençoou os seres humanos e os fez participantes da riqueza de sua criação.

Bênção e fecundidade

A bênção é um tema central na Bíblia. Logo que criou os seres humanos, Deus abençoou Adão e Eva: "Deus os abençoou e disse: Sede fecundos e multiplicai-vos" (Gn 1,28). Aqui a bênção tem algo a ver com fecundidade, com multiplicação e aumento da vida. Toda a criação é uma inigualável bênção de Deus, que presenteia o ser humano e faz com que sua vida seja fecunda. Por isso encontra-se no ser humano aquele anseio profundo e originário de que sua vida não seja inútil e estéril. Quando a vida desabrocha e se manifesta, quando é fecunda em filhos ou em alguma obra realizada, a pessoa vê um sentido em sua vida. A bênção é uma promessa de Deus ao ser humano de que sua vida está sob sua proteção e de que ele tem parte na força criadora de Deus, que se manifesta no ser humano e produz frutos.

O grande perigo que ameaça o ser humano é considerar sua vida sem sentido e sem fruto algum. Muitos casais sofrem porque não têm filhos. Pessoas solteiras têm, às vezes, a impressão de que nada deixam de valor neste mundo. Não têm filhos nem alguma obra de relevância. É um anseio originário e profundo de que a vida dê frutos. A fim de entrar em harmonia consigo mesma, a pessoa precisa do sentimento de gerar alguma coisa, de criar algo mais duradouro. Não é necessário que sejam filhos ou mesmo uma grande obra que chame a atenção de todos. Mas toda pessoa precisa da certeza de que sua vida produz frutos, de que imprime uma marca neste mundo, marca que só ela pode imprimir.

Dizemos que uma mulher grávida é uma corpo abençoado. O mesmo se pode dizer de cada um de nós. Somos um corpo abençoado. Em nosso corpo, manifesta-se a bênção de Deus. E, através de nosso corpo, deve fluir bênção para dentro deste mundo, e isso só pode desabrochar e tornar-se visível por nosso intermédio. O psicólogo americano Erik Erikson chama isso de generatividade. É a expressão de uma pessoa madura. Faz parte da realização da pessoa humana produzir algo que a ela sobreviva e que a exceda. Se eu for ao trabalho ou tiver encontros com outras pessoas com a consciência de que sou um corpo abençoado, terei a convicção de que de mim sairá uma bênção, de que meu trabalho será uma bênção para as demais pessoas e de que a conversa ou o olhar amável produzirão mais vida na outra pessoa. Como pessoa abençoada, posso ser fonte de bênção. Isso dá novo sabor à minha vida, o sabor da bênção, e não o gosto amargo do estéril e do inútil.

Desejo-te, prezada leitora, prezado leitor, que saibas que és abençoada(o) por Deus desde o teu nascimento. Desde o começo está sobre ti a bênção de Deus, e Ele te diz: "Que bom que tu existes. És bem-vinda(o) a esta terra. Vive tua vida e sê fecunda(o)". Agradece a Deus ter te criado como és e tudo o que já te deu nesta vida. A gratidão vai proporcionar-te um novo gosto, o gosto da vitalidade e da alegria.

Abraão, o abençoado

O primeiro patriarca de Israel e pai da fé foi Abraão. A ele Deus prometeu: "Farei de ti uma grande nação e te abençoarei, engrandecerei teu nome, de modo que se torne uma bênção... Com teu nome serão abençoadas todas as famílias da terra" (Gn 12,2s). Aqui a bênção não consiste apenas na fecundidade, mas na escolha. Abraão é alguém especial. Ele foi escolhido por Deus como progenitor de uma grande nação. A bênção sempre teve uma conotação de escolha. Quando dou a bênção a uma pessoa, ela sabe que é escolhida por Deus. Escolher tem a ver com querer. O abençoado e escolhido sabe que é querido por Deus, sabe que é incondicionalmente aceito e confirmado. Muitas vezes a Bíblia vincula a bênção de Deus com um nome novo. Também Abraão recebeu um nome novo. A bênção cria uma nova identidade. A pessoa sente que está livre de toda mancha. Ela recebe um nome novo do próprio Deus. Ela é criada, formada, configurada, amada e aceita. Ela encontra sua identidade numa relação intensa com Deus. Sabe que não pode viver sem essa relação cordial com Deus, que dá fecundidade à sua vida.

A escolha significa também que Deus confia alguma coisa à pessoa. Deus exige que Abraão saia de sua terra, do meio de seus parentes e da casa de seu pai. Os monges viram nessa saída um protótipo para todas as pessoas. Cada pessoa precisa sair de todas as dependências, dos sentimentos do passado e das aparências com que gosta de identificar-se. Mas só pode assumir o desafio da saída quem sabe que está sob a bênção de Deus. Ao sair, abandona tudo o que até agora considerava uma bênção: seus haveres, seus pais, seus amigos e tudo o que lhe era familiar. Estar sob a bênção de Deus significa trilhar o caminho sob a mão protetora de Deus, confiando que Deus crie nele algo novo e que faça sua vida ter êxito. Abraão não foi um homem sem defeitos, assim como nós, os abençoados, que estamos ainda cheios de defeitos e fraquezas. Freqüentes vezes temos de amargar as nossas fraquezas. Nós nos sentimos divididos. A bênção mantém unido o que nós não juntamos.

Desejo-te que saibas que és abençoado(a) e escolhido(a) por Deus e que a bênção de Deus una em ti tudo aquilo que às vezes ameaça dilacerar-te. Deus te abençoe, para que possas seguir teu caminho como Abraão, cheio(a) de fé, e que saibas que estás sempre e em toda parte envolto(a) na onipresença protetora de Deus.

"Tu serás uma bênção", diz Deus a Abraão. Essa é a afirmação mais bonita que se pode fazer a uma pessoa: ser bênção para as outras pessoas, ser fonte de bênção para o próximo. Dizemos, às vezes, que uma pessoa é uma bênção para a comunidade, para a empresa, para o bairro ou para a cidade em que moramos. Dizemos que algumas crianças são uma bênção para a família. Queremos dizer, com isso, que a criança possui algo que faz bem às outras pessoas. Talvez tenha um humor alegre ou irradie paz. Talvez tenha algo de puro e sincero que encante a todos. Toda comunidade precisa de pessoas que sejam uma bênção. Sem pessoas abençoadas e que tragam bênção, nenhuma comunidade subsistirá por muito tempo.

Quando dizemos que uma pessoa adulta é uma bênção para a comunidade, pensamos também na influência positiva que ela exerce e que dela emana. Uma pessoa assim transmite esperança às demais. Ela soma e não divide. Dela brotam idéias novas. De sua força produtiva e de sua criatividade aproveitam-se também as outras pessoas. Sem ela, a comunidade entraria em colapso. Uma pessoa abençoada une as pessoas, passa adiante a bênção que recebeu.

Os namorados sentem muitas vezes que a outra pessoa – o namorado, a namorada – está sendo uma bênção; adquirem novo vigor. Quando estão juntos, aprendem a aceitar-se melhor. Nasce e cresce uma nova autoconfiança. O que era escuro começa a ter luz. A desesperança some. A desolação se retira. A vida começa a despertar novamente a fantasia e a criatividade. Novas idéias aparecem. O que estava entorpecido recupera vivacidade.

Algumas pessoas acham que seu médico, sua terapeuta, seu pastor são uma bênção para elas. De sua assistente espiritual, por exemplo, emana alguma coisa que faz bem à alma. Somem as dúvidas atormentadoras, acabam as autodepreciações e as autocondenações. Surge nova esperança de que a vida dará certo.

***

Também tu, prezado leitor, prezada leitora, és uma bênção para as outras pessoas. Isso Deus te confia como missão. Não é preciso que realizes algo especial. Basta que sejas aquilo que és. Assim, como ser único, és uma bênção para os outros. Pára de depreciar-te e agradece a Deus que te escolheu para bênção de muitas outras pessoas.

***

A bênção noturna de Jacó

A Bíblia nos conta uma história bem original. É a história da bênção noturna que Jacó recebeu do homem que lutou com ele a noite toda.

Quando jovem, Jacó obteve artificiosamente de seu pai a bênção da primogenitura e, com isso, despertou a ira de seu irmão, Esaú. Essa bênção significa aqui algo bem concreto, algo que não se pode conferir duas vezes. Jacó está agora em vantagem com relação a seu irmão. A bênção de primogênito consiste no fato de Jacó ter predominância sobre seu irmão.

Tudo parece dar certo para Jacó. Ele volta para casa com seus bens, duas mulheres e muitos filhos. Ouve, então, dizer que o irmão Esaú vem a seu encontro. Começa a ficar com medo. Esaú representa a sombra de Jacó. Jacó precisa enfrentar sua sombra, para que sua vida se torne realmente uma bênção. Isso nos descreve a Bíblia na batalha noturna com um homem desconhecido, que se dá a conhecer como sendo um anjo de Deus. Os dois lutam a noite toda, sem que haja vencedor nem vencido. Quando surge a aurora, o anjo pede a Jacó que o solte, mas Jacó diz: "Eu não te soltarei, se não me abençoares" (Gn 32,27). Jacó luta pela bênção. É tão importante para ele ser abençoado por Deus que luta por isso como se fosse questão de vida ou morte. Deus mesmo abençoa Jacó e lhe dá outro nome: "Doravante não te chamarás Jacó (trapaceiro), mas Israel (combatente de Deus)" (Gn 32,29).

É um paradoxo dizer que exatamente aquilo que se constitui um perigo para mim e que me combate deve abençoar-me. Deus aparece inicialmente a Jacó não como aquele que abençoa, mas como aquele que o questiona, que se coloca em seu caminho e contra ele. Visto psicologicamente, trata-se de um encontro de sombras. Antes que Jacó possa reconciliar-se com seu irmão Esaú, precisa primeiro encontrar-se com a sombra dentro de si, com o trapaceiro, o falso, com a típica mentira da vida. E é precisamente o encontro com sua própria sombra que se torna para ele uma bênção. Sua vida adquire nova qualidade. Não só pode reconciliar-se com seu irmão, mas também se torna um patriarca de Israel.

Nós achamos que somos abençoados por Deus quando temos sucesso e quando tudo corre às mil maravilhas. Mas a história de Jacó nos mostra que a bênção nos chega exatamente quando estamos no fim, quando nos encontramos dolorosamente com nós mesmos, com nossa hipocrisia e mentira, com nossa negação da vida, com nosso egoísmo ilimitado. Se dissermos sim a nós mesmos como somos, a própria fraqueza e a própria falsidade em nós podem transformar-se em fonte de bênção. Deus não abençoa o perfeito, mas o imperfeito; não o inteiro, mas o quebrado. Através da bênção, o arbusto cortado recomeça a brotar. E a noite torna-se dia claro.

Deus te abençoe também quando te sentires fracassado, quando sofreres por causa de tuas fraquezas, quando a escuridão te envolver. Não te entregues, mesmo que tudo pareça sem saída e já não saibas o que fazer, quando estiveres cansado(a) de lutar e preferires desistir de tudo. Dize obstinadamente como Jacó para dentro da noite de pura escuridão e agressão: "Não te soltarei, se não me abençoares".

Bênção ou maldição

No *Deuteronômio*, Deus coloca o povo diante da bênção e da maldição. Propõe ao povo escolher a bênção ou a maldição: "Eis que hoje ponho diante de vós bênção e maldição; a bênção, se obedecerdes aos mandamentos do Senhor vosso Deus, que hoje vos prescrevo; a maldição, se desobedecerdes aos mandamentos do Senhor vosso Deus e vos afastardes do caminho que hoje vos prescrevo, para seguirdes outros deuses que não conhecíeis" (Dt 11,26-28).

Portanto, nós mesmos podemos escolher entre bênção e maldição. Quando observamos os mandamentos e vivemos de acordo com a nossa natureza de seres humanos, somos abençoados. Mas quando agimos contra nossa natureza e nos deixamos dominar por nossos apetites e instintos, estamos escolhendo a maldição. Deus – segundo o *Deuteronômio* – cobriu de bênção o comportamento pautado nos mandamentos e de maldição o desvio do reto caminho. Cabe a nós escolher a bênção ou a maldição. Permanecendo fiéis aos mandamentos de Deus, nossa vida será abençoada. Germinará e produzirá muitos frutos. Mas quando nos afastamos de Deus, experimentamos a maldição. A maldição, para o Antigo Testamento, é sempre enfraquecimento da vida. O amaldiçoado sente-se repudiado por Deus e vive alienado de Deus e de si mesmo.

Mas existe também a experiência de uma pessoa amaldiçoar a outra. Conta-se, no livro dos *Números,* que o rei Balac, com medo do povo de Israel, chamou o vidente Balaão. Deu-lhe a incumbência de amaldiçoar o povo de Israel. Estando o povo amaldiçoado, ele o aniquilaria. Mas Deus recomendou ao vidente: "Não amaldiçoes esse povo, pois é abençoado" (Nm 22,12). Muitas pessoas acham que foram ou estão amaldiçoadas, mas quando Deus abençoa, não pode o ser humano amaldiçoar.

Encontro muitas vezes pessoas que acham que foram amaldiçoadas. Quando entro em maiores detalhes, contam-me, por exemplo, que seu pai, num momento de raiva, gritou: "Você nunca vai ser nada na vida. Você não vai conseguir um marido. Você ainda vai parar na sarjeta". Outras pessoas estão apavoradas porque um parente desejou-lhes que tivessem um filho anormal, ou que ficassem estéreis. Mesmo que saibamos, em sã consciência, que esses desejos maldosos provêm da amargura de pessoas doentias, é difícil livrar-nos da força dessa nefasta influência. Sempre fica em nós aquela idéia de que palavras não são apenas palavras, mas que produzem algo. Às vezes, pessoas amaldiçoadas sentem-se interiormente corroídas. Procuram a bênção para livrar-se da maldição que pesa sobre sua alma. Nessas horas não basta dizer que a maldição é bobagem. Ela perturba suas mentes. Há necessidade de uma bênção poderosa. Eu imponho as mãos a essas pessoas e digo, com o poder de Jesus Cristo, que Ele vai defender suas almas contra a influência perniciosa de palavras estranhas e que infundirá cada vez mais sua palavra de vida no fundo de seus corações.

Certa vez, veio procurar-me uma senhora que, quando criança, sofrera abuso sexual por parte de um padre. O padre a havia amaldiçoado. Se ela contasse isso a alguém, certamente morreria. Essa senhora nunca mais pisou numa igreja. Tinha muita vontade de ir à missa, mas sempre que entrava numa igreja vinha à sua mente essa maldição que a paralisava. Uma amiga convenceu-a a conversar comigo. Quando fui ao encontro dela e lhe estendi amigavelmente a mão, ela a recusou. E só foi conversar comigo porque sua amiga a acompanhou ao locutório. Levou muito tempo até que se desfizesse o bloqueio e ela criasse confiança para contar o que lhe pesava na alma. Perguntei-lhe se queria minha bênção e se eu podia impor-lhe as mãos. Disse que sim.

Senti, nessa bênção, que aí não devem marcar presença as necessidades ou os desejos próprios de aproximarse ou de ajudar. Deve ser uma bênção pura, na qual sou apenas um veículo do espírito de Deus. Tive consciência de que, para abençoar, é preciso ter uma procuração. Eu abençôo em nome de Deus. Eu abençôo com a força da cruz na qual Jesus venceu o poder dos demônios. Então vieram à tona também em mim imagens arquetípicas, a imagem, por exemplo, de Cristo protegendo com sua força a mulher cuja testa eu agora selava com o sinal-da-cruz, para que nada mais entrasse de negativo. E naquela situação entendi de repente aquelas palavras de São Paulo, que me soaram sempre tão estranhas, dizendo que Jesus Cristo fez-se maldição na cruz por nós para livrar-nos da maldição (cf. Gl 3,13s).

Talvez conheças também palavras de maldição que ficaram presas em tua alma. Dize a essas palavras das trevas aquela palavra primigênia que te foi dita por ocasião de teu batismo: "Tu és meu filho amado. Tu és minha filha amada. De ti eu me agrado". Ou dize ao teu coração as palavras de bênção que Paulo dirigiu a Timóteo em sua Segunda Epístola a ele: "Graça, misericórdia e paz da parte de Deus Pai e de Cristo Jesus, nosso Senhor" (2Tm 1,2).

Mulheres se abençoam mutuamente

Quando Maria foi visitar sua prima Isabel, esta última ficou cheia do Espírito Santo e disse: "Bendita és tu entre as mulheres e bendito é o fruto do teu ventre" (Lc 1,42). A mulher mais velha abençoava a mais nova. Ambas estavam grávidas. É um encontro maravilhoso que Lucas nos descreve em seu evangelho. Lucas, como grego que era, tinha uma compreensão maior da dignidade da mulher e uma sensibilidade de que em nossa tarefa o mais importante é abençoar-nos mutuamente e sermos de fato uma bênção para as outras pessoas. As mulheres, quando estão grávidas, dizem de si mesmas que são um corpo abençoado. Elas conhecem a grande bênção da criação. Foram exatamente as mulheres que desenvolveram em nossa época novas formas de liturgias de bênção. Elas gostam de se dar mutuamente à bênção.

No encontro de Maria e Isabel percebo uma dimensão de grande afetividade. Não há nada daquela rivalidade que muitas vezes se encontra no relacionamento entre as pessoas. Trata-se da alegria do encontro e da possibilidade de compartilhar da bênção de Deus, que é de todos, e alegrar-se com isso. A bênção que Isabel pronuncia sobre Maria faz ela mesma reviver. A criança saltou em seu ventre. Seu recolhimento transforma-se em nova vitalidade. E Maria, a abençoada, entoa o canto de louvor do *Magnificat*. Ela passa adiante a bênção de Deus. Abençoar significa glorificar a Deus por tudo o que ele nos fez. Deus é a fonte de toda bênção. Por isso, faz parte da bênção o louvor de Deus como nosso Criador, Salvador e Redentor.

Com essa narrativa, o evangelista nos convida a abençoar-nos mutuamente. Abençoar-nos através de um gesto como, por exemplo, traçando o sinal-da-cruz na testa de alguém ou por meio de uma simples palavra. Isabel abençoa Maria ao dizer-lhe algo bom. A palavra grega para bênção, *euloguein*, e sua correspondente latina, *benedicere*, significam dizer alguma coisa boa. A bênção consiste em dizer da outra pessoa, sobre ela e para ela alguma coisa boa. Isabel exalta Maria como uma mulher mais abençoada do que as outras, que tem uma dignidade inviolável. Na bênção, Isabel vê o mistério dessa jovem mulher e do filho que ela traz no ventre. O que Isabel diz de Maria vale para qualquer um de nós. Cada um de nós é uma pessoa abençoada. Cada qual está sob a bênção de Deus. Cada ser humano é criado e amado por Deus como alguém muito especial e único.

Isabel não exalta apenas Maria, mas também o fruto de seu ventre. A bênção que dá à sua prima estende-se à criança que cresce em seu ventre. Ser abençoada significa que há algo novo brotando em si. A criança significa no sonho sempre o novo, o autêntico, que gostaria de irromper através de um ser impróprio e dissimulador. Muitas pessoas sofrem hoje pelo fato de suas vidas transcorrerem simplesmente no vazio, sem nunca acontecer nada de alguma importância e de significado especial. Sentem-se desgastadas. Tudo segue a rotina de sempre. Ser abençoado, como Maria, significa que Deus faz brotar algo de novo em mim, que me põe em contato com a imagem autêntica e original que Deus fez de mim.

O anjo diz da criança que Maria deve dar à luz: "Ele será santo e será chamado Filho do Altíssimo" (Lc 1,35). Nosso íntimo mais profundo, a imagem incólume de Deus em nós, é santo. Em cada um de nós existe algo sagrado sobre o qual as pessoas não têm domínio, pois o sagrado é precisamente o que foi subtraído do poder do mundo. Para os gregos, só o sagrado podia curar. O anjo diz também que dentro de nós há algo sagrado, são e inteiro, incólume e não contaminado pelo pecado.

Quando estás em contato com o sagrado em teu íntimo, também tu influirás salutarmente sobre as pessoas. Serás – abençoado(a) como Maria – uma bênção também para as demais pessoas. Desejo-te que possas dizer sim como Maria, que Deus te abençoe e te dê um filho que será chamado santo. É um mistério o que acontece em teu íntimo quando o filho divino nasce dentro de ti. O mistério precisa receber a palavra de fé que Maria pronunciou para teu exemplo: "Eis aqui a serva do Senhor. Aconteça comigo segundo tua palavra" (Lc 1,38).

A bênção do velho Simeão

Lucas ainda conta outra bela história de bênção. Quando Maria e José levaram seu filho ao templo, encontraram lá o velho Simeão. Este tomou o menino nos braços para abençoá-lo. Enquanto louvava a Deus, disse palavras maravilhosas a respeito da criança. Naquele menino, seus olhos viram a salvação, a luz que ilumina as nações e a glória de Israel. É de fato a coisa mais bela que se pode dizer a alguém: "Quando te vejo, vejo a salvação que Deus preparou para os seres humanos". Cada pessoa tem como sua missão mais especial contribuir para a salvação dos outros, para que os outros se sintam saudáveis e íntegros.

Com Simeão, gostaria de dizer: "Vejo em ti uma luz. Tu és um raio de luz neste mundo. Tornas meus olhos brilhantes. Tu és um esplendor. Em ti resplandece a beleza de Deus. Irradia-se de ti algo do amor de Deus para este mundo. Por meio de ti o mundo fica mais iluminado e mais aquecido. Quando estou perto de ti, meu coração se aquece. Talvez penses que isso não serve de nada para mim. Mas as palavras de bênção de Simeão valem também para ti. Pois também tu és abençoado(a) como o filho de Maria".

Quando a criança que Simeão abençoou tornou-se adulta, abençoa, por sua vez, outras crianças. As pessoas tinham certamente a impressão de que aquele Jesus de

Nazaré era uma pessoa abençoada. Traziam, pois, a ele seus filhos pequenos, para que lhes impusesse as mãos e os abençoasse (cf. Mc 10,13-16). Queriam que seus filhos tivessem parte na bênção desse homem. Sentiam que a proximidade de Jesus fazia bem a elas e a seus filhos, que dele emanavam bênção, acolhimento, estímulo, vida e amor. Jesus abraçava as crianças e as abençoava, impondo as mãos sobre elas. É um gesto carinhoso de bênção. Ao abraçá-las, Jesus demonstra que são abraçadas e amadas por Deus, que a presença salvífica e amorosa sempre vai envolvê-las. A bênção torna-se sensível no abraço. As crianças sentem-se amadas e aceitas. A bênção tem algo de carinhoso.

Jesus coloca as mãos sobre elas. Na imposição das mãos, sinto não só o Espírito Santo de Deus e sua força salvífica, que fluem para dentro de mim, mas também sua proteção. Em tudo o que faço, sei que o próprio Deus estende sobre mim sua mão protetora. A imposição das mãos é o gesto mais intensivo da bênção. Nela é possível sentir no corpo o amor de Deus como um contato afetuoso e um fluir que penetra em mim. Jesus une a esse gesto intensivo de bênção através da imposição das mãos uma palavra amável, uma consolação. Sua palavra produz relação e comunidade. Jesus oferece às crianças sua amizade pessoal. Mas também lhes comunica, através da bênção, que elas pertencem ao reino de Deus, que estão na proximidade salvífica e protetora de Deus.

Muitos pais têm o costume de abençoar seus filhos antes que eles vão dormir à noite. Quando pequena, a criança experimenta, nessa bênção, segurança e proteção. Uma mãe coloca em silêncio toda noite a mão sobre a cabeça de seu filhinho e reza por ele. Isso faz com que a criança sinta que Deus estende sua mão sobre ela e que ela é abençoada e amada por Deus. Um pai traça na testa de seus filhos o sinal-da-cruz quando eles pretendem se ausentar por mais tempo de casa. Uma mãe me contou que seus filhos sempre lhe apresentam a testa para receber a bênção. Desejavam obviamente aquela manifestação carinhosa da bênção. Sentiam nela a promessa: "Tu és abençoado(a) por Deus. Não só eu penso em ti, mas Deus estende sua mão carinhosa sobre ti".

Quando as crianças ficaram crescidas, a mãe teve certa inibição em continuar traçando o sinal-da-cruz em sua testa. Mas quando deixou de fazê-lo, os filhos crescidos cobraram o mesmo gesto de sempre. Para eles, era uma necessidade receber a bênção da mãe. O que desejavam esses rapazes? Como não os conheço, só posso conjeturar. Acho que desejavam sentir corporalmente que eram abençoados, que não estavam sozinhos, que não só a mãe os acompanhava com seu amor, mas também Deus estava com eles, mesmo quando em local estranho e com sentimento de solidão. Gostaria, pois, de animar os pais e as mães a abençoar sempre seus filhos.

Coloca no sinal-da-cruz, na imposição das mãos e nas palavras da bênção, teu amor, teu bem-querer, tua solicitude e tua confiança de que teu filho, tua filha, é abençoado(a) por Deus. A bênção que dás a teu filho ou tua filha vai livrar-te da preocupação angustiante por ele(a). Sabes que ele(a) está sob a bênção de Deus, que trilha seu caminho como pessoa abençoada e que a bênção é qual mão protetora que acompanha e envolve teu filho ou tua filha.

Quando me recordo de meu pai traçando o sinal-da-cruz em minha testa quando eu voltava ao internato de Münsterschwarzach, lembro que não se tratava apenas de sentir um gesto carinhoso. Meu pai expressava, naquele pequeno gesto, sentimentos que, em outras ocasiões, não conseguia manifestar com tanta facilidade. Tratava-se também da certeza de que a bênção de Deus me acompanhava e que, na bênção, também me acompanhava a afeição de meu pai na atmosfera algo pesarosa da volta ao internato.

Não só pai e mãe devem abençoar os filhos. Nós também podemos abençoar-nos mutuamente. O amigo pode traçar o sinal-da-cruz na testa da amiga e vice-versa. Com esse gesto amorável, expressamos à outra pessoa o seguinte:

Tu és ótimo(a) assim como és. Todo o contraditório em ti recebe o toque do amor de Deus. Tu pertences a Deus. Não há rei, não há imperador que mande em ti. Tu és livre. E és protegido(a) por Deus. Segue teu caminho sob o olhar amoroso de Deus, que diz: tu és bem-vindo(a) a este mundo. Confia na vida. Eu estou contigo.

3

ABENÇOADO(A) POR JESUS CRISTO

A *Epístola aos Efésios* entende a ação salvífica e libertadora de Deus em Jesus Cristo como bênção. Com a imagem da bênção, o autor expressa o que Deus fez em nós por Jesus. A Epístola começa com um louvor:

> Bendito seja o Deus e Pai de nosso Senhor Jesus Cristo que nos céus nos abençoou com toda a bênção espiritual em Cristo. Ele nos escolheu em Cristo antes da constituição do mundo, para sermos santos e irrepreensíveis diante dele no amor.

A bênção com a qual Deus nos abençoou consiste no fato de Ele nos ter escolhido em Jesus Cristo. Em Jesus, Deus dirigiu seu olhar a cada um de nós individualmente e nos deu todo aquele amor que dedicou a seu Filho. Mas, em Jesus, também nos convocou a sermos santos e imaculados diante dele. A liturgia de 8 de dezembro refere essa passagem, na festa da Imaculada Conceição, à Maria, a mãe de Deus. Mas, ao mesmo tempo, essa passagem vale também para nós. Em Jesus Cristo, já somos santos e sem mancha. Onde Cristo está em nós existe algo de leal e puro. Ali o pecado não tem poder sobre nós. Em Cristo, Deus nos abençoou e nos disse: "Tu és bom. Eu te criei bom. E a meus olhos és bom, santo e imaculado. O mundo não tem poder sobre ti. Em ti não há mancha. Se permaneceres em união com meu Filho, tudo é bom em ti".

Paulo desenvolve essa grande bênção que recebemos em Jesus Cristo. Consiste em termos recebido a redenção em Jesus, a "remissão dos pecados segundo a riqueza de sua graça" (Ef 1,7). Redenção significa propriamente libertação, resgate. Em Jesus, já não estamos sob o poder de forças demoníacas que nos querem prejudicar. Em Cristo, também o pecado não tem poder sobre nós. Somos tirados do ambiente do pecado. Não precisamos mais nos julgar ou condenar, pois, em Jesus, Deus nos redimiu dos pecados. Não estão mais presos a nós, a fim de nos paralisar com sentimentos de culpa. Abençoados que fomos em Cristo, o pecado não tem mais vez. Não precisamos pagar por nossos pecados. Podemos simplesmente os largar para lá. A bênção é mais forte do que a maldição que muitas vezes impomos a nós mesmos, quando nos martirizamos com sentimentos de culpa e, assim, enfraquecemos nossa energia vital.

O terceiro efeito que a *Epístola aos Efésios* atribui à grande bênção em Jesus Cristo é a "Iniciação no mistério" (Heinrich Schlier, p. 39). Diz a Epístola, em 1,8-10:

"... (graça) que derramou em abundância sobre nós, com toda a sabedoria e inteligência. Deu-nos a conhecer o mistério de sua vontade, conforme a livre decisão que antes havia tomado em Cristo, a fim de realizá-lo na plenitude dos tempos: restaurar em Cristo, sob uma só cabeça, todas as coisas, tanto as que estão no céu como as que estão na terra".

Em Jesus, Deus nos fez participantes de sua sabedoria. Obtivemos a gnose, pela qual ansiavam tanto as pessoas daquele tempo. Gnose significa conhecimento, iluminação, saber verdadeiro. Em Jesus, tornamo-nos sabedores de verdade. Vemos por trás das coisas. Conhecemos nossa verdadeira natureza, que consiste no fato de Cristo estar em nós e unir em nós tudo aquilo que muitas vezes experimentamos como separado: tudo no céu e na terra, o terreno e o celeste, o escuro e o claro, o fraco e o forte, nossa transitoriedade e a imortalidade de Deus. O mistério de sua vontade é "Cristo em nós". Assim o descreve a Epístola aos Colossenses: "Deus quis dar-lhes a conhecer a riqueza da glória deste mistério entre os pagãos: Cristo está em vosso meio, Ele é a esperança da glória" (Cl 1,27).

Pode-se traduzir o final deste versículo também assim: "Cristo em vós, a esperança da glória". Nisso consiste a bênção mais profunda que Deus nos concedeu em Cristo. O próprio Cristo está em nós. Está em nós como aquele que concilia e reúne em nós o separado e o dividido. E está em nós como a esperança da glória. Ele é a garantia de que cresceremos na glória (*doxa*) a que Deus nos destinou, de que a glória de Deus resplandecerá límpida e pura em nós.

Medita o começo da *Epístola aos Efésios* e deixa que as palavras penetrem fundo em tua alma: "Ele nos céus nos abençoou com toda a bênção espiritual em Cristo. Ele nos escolheu em Cristo, antes da constituição do mundo, para sermos santos e irrepreensíveis diante dele no amor" (Ef 1,3s). Na meditação não deves refletir tanto sobre as palavras, mas acolher estas palavras em teu coração na firme convicção: "Esta é a verdade. Esta é a autêntica verdade. Eu sou abençoado(a). Fui escolhido(a) por Deus, selecionado(a) e amado(a) incondicionalmente. Lá onde a bênção de Deus repousa sobre mim, sou santo e sem mancha".

4

O TESOURO DAS FORMAS DE BÊNÇÃO

Na tradição cristã, desenvolveram-se várias formas de bênção. Abençoamos com a cruz, com a água benta ou com palavras. E há diversos gestos de bênção com as mãos como, por exemplo, as mãos estendidas ou a imposição das mãos.

A FORÇA DA CRUZ ESTÁ SOBRE VOCÊ

Os primitivos cristãos já se marcavam com o sinal-da-cruz desde o primeiro século. E alguns até tatuavam a cruz na testa. Alguns jovens de hoje trazem tatuagens de imagens negativas. Elas não fazem bem às suas almas. Os primitivos cristãos viam na cruz um sinal de proteção contra todo o mal e um sinal do amor de Deus, que neles tudo toca e transforma. Para eles a cruz não era tanto um símbolo do sofrimento de Cristo, mas preferiam a interpretação do evangelho de São João, em que a morte de Cristo na cruz é a plenitude do amor. A cruz é um sinal de que Jesus nos amou até o fim e de que ama tudo em nós. A cruz é uma imagem dos opostos que existem em nós e que muitas vezes nos causam sofrimentos. Quando me benzo com o sinal-da-cruz, confesso que tudo o que existe de contraditório e de oposto dentro de mim é tocado pelo amor de Deus. Não há nada que seja excluído desse amor. Por meio do sinal-da-cruz asseguro-me corporalmente do amor de Deus.

O grande sinal-da-cruz vai da testa até o abdome e do ombro direito ao esquerdo. Eu assinalo minha testa com o amor de Deus, para que meus pensamentos não sejam frios e interesseiros, mas penetrados pelo amor. O abdome representa a vitalidade e a sexualidade. Também aqui imprimo o amor de Deus. Nada existe em mim que não seja aceito e impregnado pelo amor de Deus. Com esse gesto, traduzo a esperança de que o amor de Deus purifique e transforme o meu amor muitas vezes misturado com desejos de posse. O ombro esquerdo designa, por um lado, o inconsciente, e por outro, o lado feminino que existe em mim; também designa o coração, a sede do amor, o centro da pessoa. O ombro direito representa o consciente, o lado masculino em mim e a ação. Com o sinal-da-cruz abençôo todas as partes do meu corpo e da minha alma. A bênção de Deus, que se manifestou de modo mais evidente na cruz, penetra tudo em mim: o pensamento, a vitalidade e a sexualidade, o inconsciente e o consciente, o claro e o escuro. No sinal-da-cruz tomo sempre de novo consciência de que sou abençoado(a) por Deus. Eu mesmo(a) posso abençoar-me, porque Deus colocou tudo em mim sob sua própria bênção.

Além de uma oração da Igreja siríaca, gosto de acrescentar ao sinal-da-cruz as seguintes palavras: "Em nome do Pai, que me idealizou e formou, e do Filho, que desceu para dentro de minha humanidade, e do Espírito Santo, que muda o esquerdo em direito".

No sinal-da-cruz, experimento a bênção que me é concedida por meio da criação, da encarnação e da redenção em Jesus Cristo. E sinto que sou aceito(a) na vida e no amor do Deus trino. Assim como Deus é trino, existem também em mim três partes em que Deus gostaria de penetrar: o intelecto, a alma e o corpo. Eu sinto Deus como o Pai que me criou e que me deu um intelecto criativo, para que eu mesmo(a) seja criativo(a). Sinto o Filho como aquele que desce do céu e que se curva até o pó da terra – como nos descreve São João no lava-pés – para curar-me precisamente de meus pontos mais vulneráveis. O sinal-da-cruz me anima a descer com Cristo para minha própria humanidade, com seus impulsos e concupiscências. Só assim pode ser transformado o instintivo. E eu sinto o Espírito Santo como alguém que une em mim o rompido e o dividido, que une o coração e a ação, o inconsciente e o consciente, o masculino e o feminino, o forte e o fraco, o êxito e o fracasso. O Espírito Santo me dá coragem para tudo aceitar e nada desagregar dentro de mim.

Outra forma do sinal-da-cruz é praticada na liturgia antes da leitura do evangelho. Traço com o dedo polegar uma cruz em minha testa, em minha boca e em meu peito. Quero expressar, com isso, que a Palavra de Deus seja uma bênção para os meus pensamentos, para as minhas palavras e que ela penetre profundamente em meu coração. Quando pessoas se benzem mutuamente, fazem-no muitas vezes traçando o sinal-da-cruz sobre a testa uma da outra. Em muitos lares é costume ainda traçar uma cruz sobre o pão que se vai partir. Na Igreja primitiva, marcavam-se com uma cruz as ferramentas e todos os utensílios do trabalho. Na liturgia, a maneira usual da bênção é traçar o sinal-da-cruz. Quando o sacerdote dá a bênção, ao final da celebração eucarística, traça com a mão um sinal da cruz sobre a comunidade.

Água benta torna-se fonte

Nas celebrações litúrgicas, o sacerdote asperge muitas vezes o povo ou os objetos com água benta, enquanto pronuncia uma bênção. No casamento, benze primeiro as alianças dos nubentes só com palavras, depois com o sinal-da-cruz e finalmente as asperge com água benta. A bênção do vinho que é bento na festa de São João, das velas que são bentas na festa de Nossa Senhora das Cadeias ou das iguarias pascais, bentas no Domingo da Páscoa, é sempre feita com água benta. A água lembra a criação realizada por Deus. No começo, o espírito de Deus pairava sobre as águas (cf. Gn 1,1). As coisas que são aspergidas com água devem adquirir seu sentido original. Deus as criou boas. Devem servir ao ser humano e receber dele o mesmo sentido que Deus colocou nelas. Devem ser protegidas contra o mau uso por parte de nós, seres humanos, que gostaríamos de dar a elas um outro sentido e destino.

O vinho deve alegrar o coração das pessoas, sem acarretar a embriaguez. Nas iguarias pascais devemos sentir prazer na vida, sem nos empanturrarmos. O anel não é para prender, mas para unir as duas pessoas na fidelidade e para manter junto o que tende a se separar. E água tem a ver com fecundidade. Todas as coisas que são aspergidas com água devem trazer-nos frutos.

Na noite da Páscoa, o sacerdote benze a água e passa pela igreja aspergindo todos os fiéis com a água benta. Antigamente era costume aspergir o povo com água benta antes da celebração eucarística. Cantava-se então o *Asperges me*: "Asperge-me, Senhor, com hissopo e serei limpo; lava-me e ficarei mais branco do que a neve". Com esse rito vinculava-se a idéia da purificação. A água purifica. E, antes da celebração eucarística, as pessoas sentiam que deviam purificar-se da sujidade que as afetara durante a semana: a sujidade emocional através de sentimentos negativos que as invadiram a partir de fora, a impureza devida a pecados e culpas e a perturbação causada por imagens e expectativas que as outras pessoas haviam carregado sobre elas. Ao mesmo tempo, deve a água levar-nos ao contato com a fonte interior que borbulha dentro de nós. Deve fazer com que nossa vida seja frutuosa e impedir que sequemos interiormente, que fiquemos mais insensíveis do que pedras.

Em toda igreja, há na entrada uma pia de água benta. Assim que entram na igreja, muitas pessoas molham o dedo na água benta e fazem com ela o sinal-da-cruz. Lembra-lhes o batismo, quando foram molhadas com água. Quando entro em nossa igreja da Abadia, às cinco horas da manhã, mergulho conscientemente meu dedo na água benta e traço o sinal-da-cruz em todas as regiões de meu corpo e de minha alma. Peço então a Deus que neste dia minha vida produza bons frutos. E peço também que apague todas as imagens que deformam o meu ser. Eu reconheço em mim imagens falsas com as quais disfarço o meu verdadeiro eu. São fantasias de grandeza, como se eu fosse alguém especial. São as imagens do bem-sucedido, do homem espiritual, do sábio. Sinto que preciso livrar-me de todas essas imagens para viver com autenticidade. Entro na igreja como sou, com minhas fraquezas e meus pontos fortes, com o lado bom e também com os perigos a que estou exposto e aos quais sucumbo muitas vezes. E a água benta me lembra que sou batizado; que passei através da água da morte; que não mais me defino a partir do mundo, mas a partir de Cristo; que me revesti de Cristo como de um manto. Quando Jesus saiu da água do Jordão, ouviu de Deus as palavras: "Tu és meu Filho amado, de ti eu me agrado" (Mc 1,11). Ao fazer o sinal-da-cruz com a água benta, certifico-me de que sou aceito e amado incondicionalmente.

Muitos cristãos possuem também, na porta de entrada de suas casas, uma pia de água benta. Quando saem e quando entram, molham o dedo na água benta e se benzem. É um bom ritual de soleira. As pessoas de antigamente tinham uma preocupação toda especial com a soleira da porta. Passar pela soleira significava entrar num outro ambiente, muitas vezes num ambiente desconhecido e perigoso ou num ambiente sagrado. A soleira (ou vestíbulo) do templo era sagrada para muitas civilizações. Não podia ser ultrapassada sem que a pessoa se submetesse a determinados ritos de purificação. Essa sabedoria ancestral persiste no costume de colocar uma pia de água benta na soleira da porta da casa. Quando me benzo com água benta ao sair de casa, manifesto minha esperança de que meu trabalho terá resultado positivo, de que em tudo o que faço posso haurir da fonte interior do Espírito Santo. E, nesse caso, não voltarei esgotado para casa, pois a fonte interior é inesgotável, porque é divina. Se eu me benzer com a água benta ao voltar para casa, deixo para trás de mim toda a sujeira que se agarrou às minhas emoções durante o dia. Eu me purifico de todas as minhas contrariedades e decepções, para que entre em minha casa interiormente livre e reconciliado comigo e com minha vida. A casa é uma réplica do templo. Não é apenas a minha casa, mas é também a casa do Senhor, a casa em que Deus mora comigo. Nela, desejo entrar limpo daquilo que durante o dia me oprimiu e me sujou.

O ritual da água benta evidencia o que, em última análise, todo ritual quer expressar: o ritual fecha uma porta e abre outra. A porta do trabalho se fecha para que não me preocupe mais em casa. E abre-se a porta da minha casa, para que lá eu possa estar verdadeiramente em casa, possa ser eu mesmo(a) e encontrar paz e aconchego.

A PALAVRA CRIA UMA REALIDADE

Na tradição cristã, a bênção vem sempre unida a uma palavra. A palavra grega (*euloguein*) e a latina (*benedicere*) para bênção significam: dizer coisa boa, falar bem de outra pessoa, desejar coisa boa. Por isso, as palavras que unimos a uma bênção devem ser muito bem escolhidas. Há muitas palavras de bênção pré-formuladas. Servem para as ocasiões para as quais foram intencionadas e muitas vezes têm grande força. É bom dar a bênção com essas fórmulas já prontas. Mas, às vezes, há necessidade de palavras mais pessoais. Isso acontece, sobretudo, quando dou a bênção a uma pessoa numa situação bem determinada. A palavra cria relacionamento com a outra pessoa. Nas palavras da bênção, digo a essa pessoa concreta o que Deus gostaria de lhe dar, como Deus a vê e o que ela significa para Deus. A bênção é mais do que intercessão. A bênção é afirmação: "Tu és amado(a) por Deus. Deus te valoriza. Tu és valioso(a) e precioso(a) a seus olhos". Através do profeta Isaías, Deus diz ao povo de Israel – e essa palavra vale para toda pessoa em particular que nós abençoamos: "Já que contas muito para mim, me és caro e eu te amo, entrego gente em teu lugar e povos por tua vida" (Is 43,4).

A palavra da bênção faz bem à alma. Ela deve reprimir as palavras maldosas que ouvimos no decorrer de nossa vida. Quando as palavras da bênção são cuidadosamente escolhidas, não ocorre ao (à) abençoado(a) a idéia de que a bênção seja algo mágico. Ele(a) sente que, na bênção, o próprio Deus se inclina misericordiosamente para ele(a), que Deus estende sobre ele(a) sua mão bondosa, que lhe dirige palavras de amor, coragem, fortalecimento e esperança. Através das palavras, pode entrar no coração das pessoas a bênção de Deus. Observei algumas vezes que pessoas chegaram às lágrimas, porque as palavras que lhes disse as comoveram. Sei que não se trata de minha habilidade de formular as palavras. Quando uma palavra atinge uma pessoa, é sempre uma dádiva. Nunca é mérito meu. É sempre graça. Mas eu também fico feliz e agradecido por ter sido, nesse momento, um canal da graça divina e não tê-la obstruído com intenções outras.

Também as palavras da bênção que pronunciamos sobre os objetos precisam ser bem escolhidas. A liturgia tem belas palavras de bênção como, por exemplo, a bênção da água na noite da Páscoa, que traduz muito bem a importância da água para os seres humanos. Analisou-se numa experiência como as palavras transformam a estrutura do cristal na água. Palavras negativas podem gerar confusão neles, ao passo que palavras de bênção, boas, benévolas e amorosas produzem estruturas maravilhosas. Mesmo que para nossa inteligência racional seja difícil compreender, palavras podem causar mudanças na matéria. A água benta e os objetos bentos fazem bem à alma. Isso não é magia, mas expressão da fé na palavra salvífica de Deus.

As palavras com que benzemos uma vela, uma cruz, um anel, um carro ou uma casa devem evidenciar o sentido de cada uma dessas coisas em particular. As palavras da bênção dizem que Deus criou o mundo como algo bom e que nos deu coisas boas. Ele demonstra, através das coisas, sua dedicação a nós, faz com que percebamos seu amor carinhoso e solícito. Na vela nos faz sentir que Ele traz luz para a nossa escuridão e calor para o nosso frio. Pelo anel nos dá a entender a fidelidade com que se ligou a nós. Na casa nos indica que com Ele podemos sentir-nos em casa. Na encarnação divina em Jesus Cristo, Deus deu a todas as coisas uma nova dignidade. O próprio Jesus enuncia sua natureza com palavras figuradas, diz que é a verdadeira videira. Se olharmos para a videira com os olhos da fé, reconheceremos nela a natureza de nossa existência, como ela se transformou através de Jesus Cristo. Todas as coisas tornam-se, para nós, imagens da salvação que Deus manifestou a nós em Jesus Cristo.

Pela mão, Deus entra em contato conosco

A tradição cristã conhece dois gestos básicos de bênção: o sinal-da-cruz e a imposição das mãos. Ambos os gestos são feitos com as mãos, de grande significado para a humanidade desde remotas eras. Com as mãos agimos, formamos e modelamos. Pegamos as coisas e executamos uma tarefa. Expressamos nosso amor quando acariciamos alguém. Mas nossas mãos podem também machucar, quando agarramos alguém à força, quando o prendemos a uma determinada situação ou lhe recusamos nossa mão. Quando abençoamos com as mãos, é importante estarmos totalmente concentrados nelas, tocarmos a outra pessoa com atenção e cuidado, com muito carinho e amor.

Quando Jesus abençoou indivíduos, ele impôs as mãos sobre elas. A imposição das mãos é um gesto marcante. Nela comunico à outra pessoa que Deus mesmo estende sua mão sobre ela, que está protegida e segura. Para os hindus, o chacra da cabeça abre a pessoa para o divino. Na bênção, flui o espírito de Deus para dentro da outra pessoa. As mãos são, desde tempos muito antigos, os órgãos pelos quais transmitimos a força e o amor de Deus às outras pessoas. Eu mesmo percebo na imposição das mãos um gesto bem pessoal e íntimo. Sinto o calor da outra pessoa. E às vezes pressinto que agora flui na outra pessoa algo salvífico. Posso impor as mãos em silêncio, mas posso também fazer acompanhar o gesto com palavras. Mas, ainda que pronuncie palavras com a bênção, é importante impor as mãos por um tempo em silêncio. O que se passa, não é possível explicá-lo em palavras. É um mistério. Faz-se necessário o silêncio, para que o próprio Deus incompreensível e indizível atue na pessoa que recebe a bênção.

Quando imponho as mãos sobre alguém, eu me predisponho internamente. Procuro concentrar-me totalmente nos gestos e livrar-me de minhas próprias necessidades e intenções, para que seja um canal do Espírito Santo e santificador de Deus. Sinto então esses gestos também como algo santificador para mim. Sinto-me nesses gestos como um canal através do qual o amor de Deus quer fluir para a outra pessoa, sem se macular com as minhas próprias emoções.

Lucas descreve ainda outro modo como Jesus abençoava. Termina seu evangelho com as palavras:

"Levou-os em seguida até perto de Betânia. Ali, levantou as mãos e os abençoou. Enquanto os abençoava, separou-se deles e foi levado ao céu. E eles, depois de se prostrarem diante dele, voltaram para Jerusalém com grande alegria".

Esse gesto de bênção de Jesus, o sacerdote o repete na bênção solene no final da celebração eucarística. Aqui há duas modalidades de gestos. Numa delas, estendo as mãos e acredito que a bênção de Deus vá para as pessoas. Esse gesto é antiqüíssimo. Retrocede mais de dez mil anos. É também o gesto com que envio a bênção às pessoas que me são caras. O outro gesto é estender a mão sobre as outras pessoas. É como na imposição das mãos, só que agora eu as imponho a todas em conjunto e invoco a bênção sobre todas elas ao mesmo tempo.

Lucas descreve o efeito dessa bênção sobre os apóstolos. Eles caíram por terra e voltaram com grande alegria para Jerusalém. Sentiram a bênção como algo sagrado, diante do qual caíram de joelhos. Em muitas comunidades é costume ainda hoje ficar de joelhos ao receber a bênção. É um gesto reverencial diante do que Deus fez por elas. E os apóstolos voltaram aos seus trabalhos de todo dia cheios de alegria. A bênção trouxe-lhes alegria, a certeza de que sua vida era frutuosa e a esperança de que estavam na mão bondosa de Deus, protegidos e sustentados por ela.

5

COMO A BÊNÇÃO PODE MARCAR O DIA-A-DIA

Bênção à mesa – Sentir o gosto de Deus na refeição

Em muitas famílias cristãs, ainda é costume fazer uma oração em voz alta e em comum antes das refeições. A oração à mesa é, em última análise, uma oração de bênção. Os alimentos são abençoados. Antigamente, vinculava-se à bênção dos alimentos a idéia de que as influências demoníacas eram mantidas à distância. Hoje, ainda, muitas pessoas têm medo de comer alguma coisa que lhes faça mal. A bênção é para livrá-las desse medo. Um confrade meu contou que na África lhe foi oferecido como alimento algo indefinido e que revoltou seu estômago. Se tivesse recusado a comida, teria sido uma ofensa muito grave ao anfitrião. Resolveu então traçar sobre ela o sinal-da-cruz, e tudo ficou bem. A bênção quer dizer que recebemos os dons de Deus e que eles não nos prejudicam, mas nos ajudam a crescer.

Mas a bênção à mesa diz mais: quer expressar o próprio Deus que nos dá os alimentos e nos mostra neles sua bondade e amabilidade pelos seres humanos. Ele gostaria que usufruíssemos dos alimentos e que neles sentíssemos um pouco de seu amor. Os mais antigos falam da *dulcedo Dei*, da doçura, do sabor agradável de Deus, que se deixa saborear. Isto foi para os antigos uma experiência ímpar.

Nos alimentos experimento e degusto algo do amor de Deus. E esse amor tem gosto agradável.

Na bênção à mesa, louvamos a Deus por tudo o que nos dá. E nós lhe pedimos que os alimentos se transformem em bênção, que fortaleçam nossa saúde e nos habilitem para as tarefas de cada dia. Pedimos também que Deus abençoe nossa comunidade (pequena ou grande) à mesa e que possamos sentir entre nós o próprio Deus como aquele que nos mantém unidos. A comunidade de mesa era, para os antigos, algo sagrado. Fazer refeição com outra pessoa significava que ela era aceita plenamente e de coração. Na refeição em comum, as pessoas sentiam que eram unas. Hoje em dia, perdeu-se em muitas famílias o costume da refeição em comum. E a oração à mesa tornou-se um tanto questionável. Em vez de abandoná-la de vez, seria preferível encontrar novas formas de oração à mesa. Conheço uma família em que um membro, por rodízio, é responsável pela oração à mesa da semana. O pai e a mãe compraram um livro de orações próprias para as refeições. O filho de 18 anos preferia não dizer nada. Quando era sua vez de dirigir a oração, todos se calavam por alguns instantes. As crianças menores diziam orações espontâneas quando eram elas as responsáveis. Assim nasce o respeito pela atitude da outra pessoa e por não experimentarmos os grandes e preciosos dons de Deus de maneira uniforme.

Bênção da casa – Os cômodos de moradia tornam-se lar

Nos últimos tempos, é cada vez mais freqüente meus confrades e eu sermos solicitados para benzer uma casa. Uma família recém-formada construiu uma casa, mas, antes de morar nela, queria que um sacerdote a benzesse. Aquelas pessoas tinham, evidentemente, a necessidade de um ritual próprio antes de morar na casa. O pedido da bênção para os cômodos da casa vem da experiência bem antiga de que alguns espaços estão cheios de bênção. Há igrejas onde se percebe fisicamente que estão cheias de bênção. Mas há também casas em que a gente não se sente bem. Contou-me uma família que tinha a sensação de que alguma coisa não ia bem em sua casa, que parecia uma maldição. A família não era nada supersticiosa; ao contrário, era muito racionalista e cética. Existem, evidentemente, casas em que não gostaríamos de morar. A bênção deve tornar a casa habitável, um lugar em que a gente goste de morar, porque o próprio Deus vem morar conosco.

Após o Concílio Vaticano II, a Comissão de Liturgia publicou um *Manual de Bênçãos*, em que estão as fórmulas de várias bênçãos e sagrações. Há formulários para bênção de casas, de fábricas, de consultórios médicos, de escritórios, de creches, de quartel de bombeiros etc. Com seu *Manual de Bênçãos*, a Igreja vai ao encontro das necessidades das pessoas, para abençoar o lugar onde trabalham a fim de que se torne uma bênção aos demais que lá trabalham e aos que lá chegam para buscar ajuda e assistência. O *Manual de Bênçãos* traz textos especiais da Bíblia para todas as bênçãos, orações de bênção e pedidos de intercessão. São boa ajuda e sugestão para a celebração de qualquer bênção.

Eu, pessoalmente, começo a bênção de uma casa com as palavras de Jesus a respeito da casa construída sobre a rocha (Mt 7,24-28) ou com a história de Zaqueu (Lc 19,1-10). Explico então o texto do evangelho e digo alguma coisa sobre o sentido da casa. Não só o fundamento exterior é necessário, mas também o interior. A casa é sempre imagem também da casa da própria vida. Jamais ruirá se for construída sobre a rocha que, em última análise, é o próprio Cristo.

A casa será uma casa da salvação, uma casa em que estamos sãos e salvos, se Cristo nela entrar e nos presentear com seus dons divinos. Depois disso, deixo que as crianças me conduzam pelos cômodos da casa e me digam a utilidade da cada um e o que desejariam que ele fosse. Algumas crianças sabem dizer muito bem do que gostariam de ser protegidas e o que gostariam de receber de Deus. Faço, em seguida, uma oração pessoal sobre o significado de cada cômodo e sobre o desejo formulado pela criança, para que o recinto dê aos moradores aquilo a que se destina: relaxamento na sala de estar, bom aproveitamento no gabinete de trabalho, fortaleza e ânimo na cozinha, limpeza e purificação no banheiro e descanso e bons sonhos no quarto de dormir.

Nunca tive a impressão de que as pessoas unissem idéias mágicas à bênção da casa. Queriam, sim, morar conscientemente numa casa abençoada, para que também suas vidas e sua convivência fossem abençoadas. Sentiam que não bastava construir uma bela casa exteriormente, se interiormente ela não viesse preenchida com a bênção de Deus.

Bênção do tempo – Sol e chuva estão nas mãos de Deus

Na tradição católica, desde a festa da Invenção da Santa Cruz (3 de maio) até a festa da Exaltação da Santa Cruz (14 de setembro), é rezada ao final da celebração eucarística a bênção do tempo. Com a bênção do tempo, não queremos dizer que podemos influenciar a nosso bel-prazer a previsão meteorológica. Reconhecemos, porém, que dependemos da bênção de Deus para que os frutos da terra prosperem e que nosso trabalho seja recompensado. Os agricultores ainda sustentam aquela crença de que tudo depende da bênção de Deus. Podem trabalhar o máximo, mas, se o tempo não colabora, tudo é inútil. E não é possível influenciar o tempo por meios técnicos. Aqui o ser humano sente ainda sua impotência. Nos últimos anos, as catástrofes provocadas pelo tempo – num ano, grande enchente, no outro, grande seca – levaram muitas pessoas a refletir seriamente. Viram que as forças da natureza podem tornar-se ameaçadoras e que também aqui dependemos da bênção de Deus. Isso não significa que nós mesmos não possamos tomar as medidas para evitar tais catástrofes. Mas, ao final, não conseguimos influir sobre a chuva continuada nem sobre o calor que perdura.

O que os agricultores sabem é traduzido em palavras por todos os fiéis que participam da bênção do tempo: nosso trabalho depende da bênção de Deus. Tudo o que fazemos pode ser frustrado ou até mesmo destruído por algum acontecimento sobre o qual não temos domínio. Por isso, apresentamo-nos, juntamente com nossos esforços, a Deus, para que Ele tudo abençoe. E na bênção do tempo aprofunda-se nosso olhar sobre a criação e sua beleza. Devemos ser gratos pela natureza que nos cerca. Nela percebemos o cuidado que Deus tem conosco. E a fecundidade que vemos surgir por toda parte, especialmente na primavera, é uma imagem de que nossa vida também produz muito fruto.

A bênção da viagem – O que deve acompanhar você durante a viagem

Sempre que um co-irmão parte em viagem para algum país distante, rezamos sobre ele a bênção da viagem. Após a hora canônica do meio-dia, ou após as Completas, o irmão sai do meio dos demais e se ajoelha no primeiro degrau do estrado do altar. Cantamos então sobre ele o cântico latino

In viam pacis ou alguns versículos do Salmo 121, com a antífona: "O Senhor te proteja quando partes e quando voltas, desde agora e para sempre". Cantamos ao que parte em viagem: "Ele não deixará que teus pés vacilem; não cochila aquele que te guarda. O Senhor é o teu guarda, o Senhor é a tua sombra, Ele está à tua direita. O Senhor te guardará de todo mal, ele guardará tua vida" (Sl 121). Depois disso, o Abade pronuncia a bênção sobre o irmão que vai viajar.

Na bênção da viagem fica claro que não é tão evidente assim que chegaremos bem ao destino e que de lá voltaremos incólumes. Não se trata apenas da proteção durante a viagem, mas também do bom êxito daquilo a que a viagem se propõe. Toda viagem não tem apenas um objetivo material. Ela é feita por causa de uma tarefa, mas também por causa de uma visita. E também para isso precisamos da bênção de Deus. Para a nossa comunidade conventual, a bênção da viagem não é um costume enfadonho. Ao contrário, sentimos nela uma vinculação interior. Quem parte para realizar uma tarefa em lugar longínquo, ele a realiza em comunhão conosco. Nossos melhores votos o acompanham, mas sobretudo nossa oração e a bênção de Deus. Os visitantes, que às vezes presenciam a bênção da viagem na igreja, ficam emocionados. Perguntam ao hospedeiro o que nós rezamos. Eles notam que na bênção da viagem alguma coisa aconteceu entre nós. O co-irmão não apenas parte, mas vai com nossa bênção e permanece, assim, em comunhão conosco.

Bênção da colheita – União entre terra e produtividade

Nos dias que precedem a Ascensão do Senhor, a liturgia conhece o que se chama de bênção da colheita.

Começamos a celebração conventual saindo da igreja e percorrendo o terreno ajardinado próximo às dependências reservadas aos hóspedes. Nesse meio tempo cantamos a Ladainha de Todos os Santos. Em muitos lugares – sobretudo na região rural – a procissão passa nesses dias pelas plantações. Na ladainha, pede-se que Deus abençoe as lavouras e conceda uma boa colheita. A bênção da colheita tem uma tradição bem antiga. Já os romanos celebravam, no dia 25 de março, o cultivo da terra. A Igreja aproveitou-se dessa tradição pagã ao celebrar nesse dia a festa da Anunciação da Virgem Maria. A verdadeira primavera começa quando Deus envia seu Filho ao mundo. E a Igreja deu um cunho cristão à colheita. Ela aproveitou e assumiu com isso o desejo primitivo de que nossa vida desse fruto.

A bênção da colheita tem raiz pagã, mas não é absolutamente de caráter mágico. Expressamos com ela que nossas plantações precisam da bênção de Deus, para que produzam fruto. Não é apenas o tempo que ameaça a colheita, mas também as pragas, insetos, parasitas etc. Na bênção da colheita levamos em consideração, com muita consciência, a natureza. A bênção torna-se corporal. Nós vamos através dos campos. Nós olhamos ao redor. Nós sentimos o odor que os campos exalam. A espiritualidade é ligada à terra. A bênção torna-se visível. No ir e meditar, percebemos que tudo o que fazemos depende da bênção de Deus.

Bênção da manhã – Começar o dia com a bênção

Para mim é um bom começo do dia quando, de manhã, levanto as mãos em gesto de bênção, para que essa bênção se derrame sobre as pessoas que me falaram ou escreveram sobre seus problemas. Para muitos pais seria consolador se pudessem, de manhã, pronunciar a bênção não só sobre suas próprias atividades do dia, mas sobre a dos filhos e netos. Poderiam confiar então que não andam sozinhos em seu caminho, mas sob a bênção de Deus, que invocaram.

Um missionário me contou que toda manhã, às cinco horas, ia à igreja rezar o breviário e meditar. Assim que abria a porta da igreja, entrava um velho catequista que se sentava num banco e ali ficava quieto durante uma hora. Certa vez, perguntou ao velho o que ele fazia durante todo aquele tempo. Ele respondeu: eu passo por toda a aldeia, cabana por cabana. Lembro as pessoas que nelas moram, com seu bem-estar e com seus sofrimentos, o que precisam e o que desejam. Depois disso, eu as abençôo a todas. Para isso preciso de uma hora inteira. Esse senhor idoso sabia com certeza o que significava a bênção. E fez com que sua velhice fosse fecunda. Já não podia fazer muita coisa. Mas abençoava as pessoas de sua aldeia. Era certamente uma grande bênção para toda a aldeia.

Bênção da noite – Deitar-se com a bênção

Nós terminamos sempre as Completas com a bênção da noite. O Abade diz: "Que o Senhor todo-poderoso nos conceda uma noite tranqüila e um abençoado fim". Cantamos depois disso uma antífona marial como "Salve, Regina" ou uma antífona própria do tempo litúrgico. Após breve instante de silêncio, o Abade asperge os monges e todos os fiéis com água benta. Um freqüentador da igreja disse certa vez que isso lhe lembrava a mãe acariciando seguidas vezes a criança na cama. A bênção da noite expressa que também precisamos da bênção de Deus durante a noite. Os sonhos podem amedrontar-nos. Mas por eles Deus também pode fortalecer-nos interiormente e transmitir-nos sabedoria de vida. Pedimos, pois, que nossa noite seja abençoada, que possamos dormir bem e repousar em paz. Isso, hoje em dia, não é tão simples assim para muitas pessoas. Sempre mais pessoas têm problemas de sono. Não descansam em paz, mas rolam agitadas de cá para lá e são atormentadas por pesadelos. Também a noite precisa da bênção, a fim de que se torne aquilo para que Deus a fez: um período de descanso, de sonho e de recuperação.

Na bênção da noite apresentamos novamente a Deus o nosso dia. Apesar de todas as contrariedades e decepções, entregamos o dia a Deus e acreditamos que tenha sido um dia abençoado e que possa ter-se revertido em bênção para nós e para as outras pessoas. E nessa bênção da noite nós nos entregamos nas mãos bondosas e carinhosas de Deus, lembrando-nos ao mesmo tempo de que a noite é uma imagem da morte. Não é óbvio que vamos despertar novamente. Adverte-nos a noite de que nos confiemos, com tudo o que existe, à mão misericordiosa de Deus e nele encontremos repouso e paz.

Distinguindo – Bênção ou sagração

Às vezes, as pessoas não conseguem distinguir bem entre bênção e sagração. Diz-se que uma casa recebe a bênção ou que um sino recebe a bênção. Mas sagração significa que um objeto (sagração do altar), uma pessoa (sagração de um Abade) ou um recinto (sagração de uma igreja) são retirados do uso convencional e separados para o serviço especial a Deus, ou para funções religiosas. Uma casa de moradia é sempre benta e nunca sagrada, pois ela não é retirada do uso convencional de uma família. Uma igreja, no entanto, é sagrada. Ela se destina exclusivamente ao serviço religioso. Ela é subtraída do domínio do mundo para ser um espaço santo, onde as pessoas possam encontrar serenidade e sentir o santo ou os santos.

6

BÊNÇÃOS DAS FESTAS E DO ANO LITÚRGICO COMUM

No decorrer do ano litúrgico, ocorrem as mais diversas bênçãos. Em muitas regiões, outra vez são praticadas com muito gosto nos últimos tempos. As pessoas sentem que celebram o ano litúrgico de maneira diferente quando se insere nas bênçãos usuais de antigamente um rito de caráter mais pessoal.

Bênção da coroa do advento

Para muitas pessoas, a coroa do advento é apenas um enfeite com que se decora a casa no tempo do advento. Não tem sentido mais profundo. A bênção deve lembrar a toda a família o significado da coroa do advento. Nessa coroa expressamos a esperança de que nossa vida terá êxito, de que aquilo que ficou partido ou dividido durante o correr do ano volte a ser novamente inteiro e sadio. E nas quatro velas que acendemos a cada Domingo do Advento, a luz da encarnação deve brilhar em todos os recantos de nossa vida. Se a coroa do advento for benta, não ficará na casa apenas como enfeite. Lembrará à família que Deus mesmo vem a essa casa e que Ele une nos indivíduos e nas relações entre eles aquilo que tende a separá-los. Os ramos verdes da coroa do advento indicam a vida imperecível que Deus nos concede na encarnação de seu Filho. O que está ressequido volta a ficar verde e a ter vida. E a luz da coroa do advento ilumina a escuridão, que às vezes se introduz em nossa alma, e aquece os corações que se tornaram frios.

Provar o amor de São João no vinho

Cresci numa comunidade cuja igreja tinha como padroeiro São João Evangelista. Na festa de São João, celebrávamos uma devoção peculiar, quando se benzia o vinho de São João. E nessa devoção até mesmo nós crianças podíamos beber vinho. O pároco nos dava o vinho com as palavras: "Beba o amor de São João". Isso sempre me impressionou muito. Em nossa abadia, o vinho de São João era bento ao final da celebração conventual. Nós o bebíamos no almoço.

A bênção do vinho de São João quer lembrar-nos o significado de todo vinho. Se bebermos com consciência e moderação, o vinho é sempre uma experiência de amor. O vinho alegra o coração das pessoas, fortalece o amor. Em última instância, bebemos no vinho o amor que vem de Deus e que nunca falha. Precisamos desse amor que se derrama de fora para dentro de nós, para que possamos entrar em contato com a fonte interna do amor. E, no gosto saboroso do vinho, experimentamos a doçura (*dulcedo*) de Deus, da qual falaram os místicos. Deus quer entrar em nós como vinho doce e impregnar nossas emoções e nosso corpo com um sabor agradável.

Bênção da casa no Dia dos Reis

Nós, crianças, ficávamos sempre encantadas com a bênção da casa no Dia dos Reis (*Epifania* é o termo litúrgico), pois nesse dia podíamos encher toda a casa de incenso. Com grande entusiasmo pedíamos emprestado o turíbulo da igreja e colocávamos sobre as brasas dentro dele boa quantidade de incenso, para que o bom odor fosse sentido por todos. Na Epifania, não era o sacerdote que benzia a casa, mas o pai ou a mãe, juntamente com as crianças. Para nós era sempre uma grande festa podermos andar, nesse dia, pela casa toda com o turíbulo e aspergir tudo em nosso lar com água benta.

O costume da bênção da casa na festa da Epifania originou-se provavelmente do uso pagão das "noites funestas" (eram os doze dias entre 25 de dezembro e 6 de janeiro). Por medo dos demônios, defumavam-se a casa e o estábulo e assinalavam-se as portas da casa, para que fosse afastada a desgraça. Os cristãos mudaram o sentido desse costume. Pelo fato de a glória de Deus ter aparecido visivelmente em Jesus Cristo (Epifania), deve ela também brilhar em toda parte, inclusive em nossas casas e moradias. A bênção deve mostrar para a pessoa, que muitas vezes se sente quase como uma estranha dentro de casa, que o próprio Deus mora em sua casa. E onde Deus mora, também a pessoa pode sentir-se em casa.

Na festa da Epifania, escrevem-se sobre a travessa superior da porta de entrada, as letras CMB, com o número do ano que está começando. As letras são as iniciais das palavras *Christus mansionem benedicat*: Cristo abençoe a casa. O sinal-da-cruz é como um selo que se traça sobre a porta. Se a porta estiver selada, nenhuma força prejudicial pode entrar na casa.

Com São Brás, dar atenção ao corpo

Em muitos lugares, a bênção de São Brás está retomando a popularidade que tinha. São Brás era médico e curou até mesmo animais. Tornou-se conhecido principalmente porque curou um rapaz que havia engolido uma espinha de peixe que se prendera em sua garganta e lhe dificultava a respiração. Dava-se a bênção de São Brás no dia 3 de fevereiro, dia de sua comemoração, logo após a celebração eucarística. O sacerdote segurava duas velas cruzadas e acesas em torno do pescoço do abençoando. Pedia a Deus que, por intercessão de São Brás, protegesse as pessoas de todos os males da garganta. A garganta é de fato um lugar muito sensível na constituição corporal da pessoa. Às vezes, o medo nos fecha a garganta e nos impede de falar direito. Às vezes se forma um nó em nossa garganta, seja um nó de tristeza, que sufoca nossa vida, seja porque engolimos demais e estamos prestes a um sufocamento interior. Várias pessoas sentem muito frio no pescoço e têm problemas de garganta. A garganta é um lugar que necessita dos maiores cuidados. Precisamos ali do calor das velas e da atenção amorosa de Deus.

Quando a bênção de São Brás é bem explicada e executada de modo conveniente, ela comove as pessoas – que sentem que a bênção é a dedicação bem concreta de Deus às suas necessidades pessoais – profundamente. Não é tão óbvio que nós sejamos inteiramente sadios. Assim, a bênção de São Brás não é apenas para os males de nossa garganta, mas para nosso corpo todo. Pedimos na festa de São Brás que Deus nos dê saúde e felicidade.

Na imposição das cinzas, ver a natureza humana

Na Quarta-feira de Cinzas, após o evangelho, benzem-se as cinzas, que são colocadas em forma de cruz sobre a cabeça dos fiéis. As cinzas são sinal de conversão. Devem lembrar-nos de que somos pó e que ao pó voltaremos, pois isso nos dizia a antiga fórmula da imposição das cinzas. Com as cinzas também se fazia a limpeza nos tempos passados. Convida-nos, pois, o tempo da Quaresma a experimentarmos conscientemente um tempo de limpeza interior. Temos necessidade de limpar o nosso coração daquilo que nele se infiltrou e interiormente nos manchou durante o ano.

No início do tempo quaresmal, sempre dou um curso sobre o significado da Quaresma. Eu sempre começo com uma celebração eucarística, na qual imponho a todos os participantes as cinzas em forma de cruz. Percebo ser muito importante para as pessoas receber um sinal sensível que as lembre de sua natureza humana, passageira e que voltará de novo ao pó, e que as convide à conversão. Quando pergunto às pessoas que recebem a imposição das cinzas o que isso quer dizer, geralmente não sabem explicar. Dizem apenas que ficaram profundamente impressionadas. Certamente a cinza benta penetra no inconsciente delas, para começar de novo a queimar no seu interior tudo o que as perturba na vida. É para elas um sinal sensível de que desejam converter-se dos caminhos que não conduzem a nada, pensar de outro modo, ver as coisas como elas realmente são.

LEVAR DA NOITE DA PÁSCOA A ÁGUA DA VIDA

Na noite da Páscoa, o sacerdote abençoa a água num grande recipiente. Na oração da bênção exprime o que a água significa:

"Senhor nosso Deus, velai sobre o vosso povo e, nesta noite santa em que celebramos a maravilha de nossa criação e a maravilha ainda maior de nossa redenção, dignai-vos abençoar esta água. Fostes vós que a criastes para fecundar a terra, para lavar nossos corpos e refazer nossas forças. Também a fizestes instrumento de vossa misericórdia: por ela libertastes o vosso povo do cativeiro e aplacastes no deserto a sua sede; por ela os profetas anunciaram a vossa aliança que era vosso desejo concluir com a humanidade; por ela finalmente, consagrada pelo Cristo no Jordão, renovastes, pelo banho do novo nascimento, a nossa natureza pecadora. Que esta água seja para nós uma recordação do nosso batismo e nos faça participar da alegria dos que foram batizados na Páscoa".

Nessas imagens fica claro o verdadeiro sentido da água. Que a água purifique também a nós, para que brilhe novamente a nossa imagem original e imaculada que Deus fez de nós para si.

Após a bênção da água, o sacerdote asperge todos os fiéis com a água benta. Nosso Abade passa por toda a igreja com um enorme recipiente de água benta e asperge os presentes de modo a ficarem umedecidos. Devem sentir que a água os purifica e refresca, que são pessoas abençoadas. E a água deve lembrá-los de seu batismo. O Abade convida todas as pessoas a levar um pouco dessa água da Páscoa para casa. Após a celebração da noite pascal, muitas pessoas enchem as vasilhas, que trouxeram de casa, com a água benta nessa Páscoa. Levam para casa alguma coisa da bênção pascal. Derramam-na em sua pequena pia em casa, que foi previamente esvaziada e limpa. Lembra-as também de que ressuscitaram com Cristo do túmulo de seu medo e de sua escuridão, de que também nelas floresce vida nova.

Comemorar na ceia pascal a vitória da vida

Desde os primeiros séculos do cristianismo, havia o costume no Oriente de benzer os alimentos. A bênção, que se origina da Páscoa, deve ser sentida também em casa na refeição em comum. Fazer uma refeição com alegria é a maneira adequada de reagir à festa da ressurreição. Deus nos doou na ressurreição vida nova e imperecível, que não mais poderá ser destruída pela morte. Fazendo a refeição, sentimos a plenitude da vida que Jesus fez surgir para nós na ressurreição. E lembramo-nos, na ceia pascal doméstica, de que o ressuscitado sempre comia com seus discípulos e, assim, levou luz e esperança para suas vidas. A bênção dos alimentos pascais não os transforma em outra coisa. Mas lembra-nos que toda comida é, em última análise, um usufruir das boas dádivas que Deus nos concede, para que possamos apreciar a comida e alegrar nossa vida. Ao aproveitar as boas dádivas de Deus, pressentimos que a vida é mais forte do que a morte.

Contemplar a criação de Deus na Assunção de Maria

No dia 15 de agosto, a Igreja comemora a Assunção de Maria em corpo e alma ao céu. Maria é a imagem de nosso futuro; também nós seremos levados ao céu em corpo e alma após a morte. É lógico que nosso corpo sofrerá primeiro a decomposição, mas a festa quer dizer-nos que tudo o que experimentamos no corpo – amor, alegria, desejo, sofrimento – será transformado na morte e santificado em Deus. Não é só o substrato de nossa alma que chegará a Deus, mas nós como pessoas concretas. Na morte não seremos excluídos do amor de Deus, mas transformados na verdadeira glória que já agora resplandece em nosso corpo.

Desde o século X, benzem-se nessa festa as ervas e hortaliças que os fiéis trazem para a igreja. A festa nos lembra que Deus fez tudo bom. A criação é sua primeira dádiva. Maria, a mãe, representa a mãe terra, da qual Deus faz brotar não só flores bonitas, mas também ervas medicinais e fortificantes. É um belo costume quando as famílias se unem para procurar ervas medicinais e belas flores, a fim de entrançar buquês. Trazem os buquês para receber a bênção na igreja e os levam bentos de volta para casa. Enfeitam com eles a casa para exprimir que a força salvífica de Deus é mais forte do que tudo o que enfraquece a vida. A festa da Assunção de Maria é marcada pela alegria. Festejamos nosso próprio futuro que nos espera. Festejamos a vitória da vida sobre a morte. E festejamos nosso Deus como criador, que nos dá beleza e saúde. As ervas medicinais trazem a bênção da criação para dentro de nossas casas e nos lembram que somos pessoas abençoadas e que sempre e em toda parte estamos sob a bênção de Deus. E a beleza das flores nos lembra a beleza que Deus concedeu a nosso corpo que, apesar da transitoriedade desta vida, não sucumbe à morte, mas será transformado por Deus em beleza eterna.

7

PALAVRAS DE BÊNÇÃO PARA VOCÊ

Desde tempos muito antigos, a bênção é expressa através de determinadas fórmulas. No judaísmo era muito apreciada a bênção chamada aaronítica. Nas igrejas evangélicas, ela é pronunciada muitas vezes ao final da celebração litúrgica. O texto é o seguinte: "O Senhor te abençoe e te guarde. O Senhor faça brilhar sobre ti sua face e se compadeça de ti. O Senhor volte para ti sua face e te dê a paz".

Nessas palavras de bênção fica clara uma coisa que vale para toda bênção. Na bênção, Deus volta para nós sua face amável. É o Deus maternal que se inclina amorosamente para mim. A experiência da bênção tem a ver com a experiência fundamental da criança que olha para o rosto amável e amoroso da mãe que se inclina sobre o berço. A vida da criança só se desenvolve bem se ela sentir continuamente esse voltar-se amoroso da mãe para ela. Algo semelhante podemos dizer da bênção. Minha vida só irá bem se eu sentir sempre de novo que Deus volta sua face amável para mim. Eu recebo consideração. Sou notado(a). Sou amado(a). Na bênção, encontramos o Deus maternal.

Quando damos a alguém uma bênção pessoal, deveriam expressar-se nela essa dedicação maternal e essa atmosfera carinhosa.

Abençoar é sempre um gesto de atenção pessoal. Eu considero a pessoa. Eu procuro sintonizar-me com ela para saber do que essa pessoa concreta está precisando, qual é seu desejo mais profundo. A bênção não deve restringir-se a uma palavra piedosa qualquer, desvinculada dessa pessoa concreta, mas deve ser uma atitude de encontro pessoal, uma resposta ao desejo mais profundo e à real necessidade dessa pessoa em particular.

Nos últimos anos foram valorizadas e apreciadas muitas fórmulas irlandesas de bênção. Elas retratam um pouco esta atmosfera maternal e carinhosa que deveria, na verdade, ser característica de toda bênção. Elas se distinguem por sua plasticidade. Trazem à tona as experiências das pessoas com o vento e a chuva, com o sol e os campos em flor. É possível deixar-se inspirar pelas palavras irlandesas de bênção para formular as orações de sua bênção pessoal. Mas seria bem mais interessante se você, na hora da formulação da bênção, desse vazão a seu próprio sentimento, dissesse as palavras que brotam de seu coração. Quando abençoar alguém, tente penetrar nos sentimentos dessa pessoa: o que a move? Do que precisa? O que deseja? O que eu gostaria de dizer por parte de Deus a esta pessoa?

Muitas pessoas quase só conhecem a oração de súplica. Quando vão a uma entrevista, pedem a Deus que tudo dê certo. Isso é muito bom, pois, em última análise, pedem que Deus abençoe a entrevista. Mas você pode também, em vez da oração de súplica, pronunciar palavras de bênção sobre uma situação concreta. Se houver um conflito na família, na sua empresa, em seu grupo, diga uma bênção sobre ele. A bênção ajudará você a ver com outros olhos a situação. E verá que a atmosfera não será marcada apenas por mal-entendidos e tensões, mas pela bênção de Deus que muda o clima ao redor de você. Você pode abençoar, de manhã, o dia de hoje. Diga uma bênção sobre tudo aquilo que o(a) espera. Na bênção, você expressa a fé de que o dia no qual vai ingressar hoje será repleto da bênção de Deus. Os escritórios, o chão da fábrica, a loja, as oficinas, tudo é envolvido pela bênção de Deus. Você não andará por recintos que estão cheios de emoções negativas, mas por recintos sobre os quais repousa a bênção de Deus. Você anda sob a bênção de Deus. Você trabalha sob a bênção de Deus. Você vai encontrar pessoas repletas da bênção de Deus.

À noite, numa retrospectiva sobre o dia que passou e sobre os encontros que teve, você pode novamente abençoar tudo. Através da bênção, tudo recebe nova face. E você vai sentir-se diferente em relação ao dia que passou, cheio de gratidão e de paz. Abençoe também a noite, para que ela seja uma bênção para você. Durante a noite acontecem coisas substanciais para nossa alma. Os sonhos podem revolver a alma ou dar-lhe nova esperança. Podem encher nossos corações de luz e mostrar-nos como seguir em frente. Peça a Deus que sua noite esteja sob a bênção dele, mas não apenas sua noite, e sim também a noite de todos aqueles que hoje não podem dormir, que choram porque estão tristes e não sabem mais o que fazer.

Confie na formulação da bênção de seu próprio coração. As orações de bênção que lhe proponho só devem auxiliá-lo(a) a encontrar suas próprias palavras. Às vezes, no entanto, pode ser de grande valia dizer palavras pré-formuladas. Principalmente quando o coração está seco e a boca emudecida, as orações a seguir querem ajudá-lo(a) a colocar sua vida sob a bênção de Deus, a dizer-lhe que você é abençoado(a) e a confiar que você pessoalmente é uma bênção para as outras pessoas.

De manhã

Deus de bondade e de misericórdia, abençoai este dia. Vós o destes a mim para que eu o sinta como um tempo santo, um tempo em que vós mesmo estais sempre comigo. Abençoai tudo o que eu hoje tomar em minhas mãos. Fazei com que meu trabalho tenha bons resultados. Abençoai as conversas que vou ter. Abençoai os encontros, para que eu veja brilhar em cada pessoa vossa face. Abençoai as pessoas que me são caras. Não as deixeis sozinhas em seu caminho. Acompanhai-as e enviai vossos santos anjos, para que eles andem o caminho junto com elas e as protejam. Abençoai este dia, para que eu o viva com consciência de estar em vossa salutar e amorosa presença. E abençoai a mim, para que neste dia eu seja de fato uma fonte de bênção para as pessoas que comigo se encontrarem. Amém.

À mesa

Deus de bondade, nós vos agradecemos esta refeição que nos concedeis. Vós cobristes esta mesa com excelentes dádivas em que podemos perceber vossa generosidade e amabilidade. Fazei com que saboreemos com alegria as vossas dádivas. Abençoai a nossa comunidade aqui à mesa, para que vos sintamos em nosso meio como o Deus de amor. Abençoai nossa conversa, para que ela nos aproxime e faça com que nos compreendamos sempre mais. Fortalecei-nos por meio desta refeição e dai-nos participar um dia de vossa refeição eterna, na qual possamos experimentar a vós como a plenitude da vida. Isto o pedimos por Cristo, nosso Senhor. Amém.

À noite

Senhor, abençoai esta noite, a fim de que seja para mim um tempo sagrado, um tempo em que vós mesmo falais a mim no sonho. Abençoai o meu sono, para que eu possa recuperar-me e amanhã cedo levantar-me com novas forças e realizar aquilo para o que me chamastes. Abençoai-me nesta noite, para que esteja protegido e resguardado em vossas mãos bondosas e carinhosas. Livrai-me da doença e da morte. Enviai os vossos santos anjos, para que me guardem em paz. E abençoai também a todas as pessoas que nesta noite choram porque estão tristes. Abençoai a todas que não conseguem dormir. Mostrai-lhes que vós mantendes estendida sobre elas vossa mão bondosa. Abençoem-me, pois, a mim e a todas as pessoas que me são caras, o bom e misericordioso Deus, o Pai, o Filho e o Espírito Santo. Amém.

Para uma pessoa querida

Quando você abençoar uma pessoa, confie nas palavras que brotam de seu coração. Mas se achar difícil formular palavras próprias, esta oração talvez possa servir-lhe de inspiração:

Deus de bondade e de misericórdia, abençoai minha irmã (meu irmão, meu filho, minha filha, meu amigo, minha amiga, meu marido, minha esposa etc.). Estendei sobre ele(a) vossa mão protetora e fazei com que sinta em toda parte vossa presença salutar e amorosa. Penetrai-o(a) com o vosso santo espírito. Fazei que vosso santo e santificador espírito penetre em todos os cantos de sua alma. Curai suas feridas. Vivificai nele(a) o que está entorpecido. Fazei frutificar o que está ressequido. Levai-o(a) ao contato com a fonte da bênção que nele(a) existe. E fazei com que seja, assim como é, uma bênção para as pessoas com as quais se encontra. Dai-lhe a confiança de que vós abençoais o seu caminho. Andai com ele(a) nas veredas da vida, para que conduza seu caminho com sempre maior coragem, liberdade e amor. Amém.

Para você mesmo(a)

Para terminar, gostaria de dirigir a você, prezada leitora, prezado leitor, algumas palavras minhas de bênção bem pessoal:

Que o Senhor de bondade e de misericórdia te abençoe. Que Ele te envolva com sua presença amorosa e salvífica. Que Ele esteja contigo quando te deitares e quando te levantares. Que Ele esteja contigo quando saíres de casa e quando a ela retornares. Que esteja contigo quando trabalhares. Que Ele faça teu trabalho prosperar. Que Ele esteja contigo em todo encontro e te abra os olhos para o mistério que reluz na face de cada pessoa. Que Ele te proteja em todos os teus caminhos. Ele te ampare quando mostrares fraqueza. Ele te console quando sentires o peso da solidão. Ele te levante quando estás caído(a). Que Ele te impregne com seu amor, com sua bondade e com sua mansidão, que Ele te dê a paz interior. Isto te conceda o bom Deus, o Pai, o Filho e o Espírito Santo. Amém.

BIBLIOGRAFIA

Benediktionale. Edição para as dioceses católicas de língua alemã. Friburgo, 1978.

Donnek, Joana. *Segen – Quelle heilender Kraft*. Münsterschwarzach, 1988.

Greiner, Dorothea. *Segen und Segnen. Eine systematisch-teologische Grundlegung*. Stuttgart, 1999.

Schlier, Heinrich. *Der Brief an die Epheser*. Düsseldorf, 1968.

Impressão e acabamento
Gráfica e Editora Santuário
Em Sistema CTcP
Rua Pe. Claro Monteiro, 342
Fone 012 3104-2000 / Fax 012 3104-2036
12570-000 Aparecida-SP